目 次

漱石と寅彦　落椿の師弟

まえがき　9

序　章

「文系」と「理系」　15
「二つの文化」　18
漱石山脈　20
漱石と寅彦の「師弟関係」　22

第一章　師との出合い

漱石の松山、熊本行き　33
寅彦、熊本へ　50
運命的出合い　55

田丸卓郎との出会い　71
二人の生涯の師　88

第二章　漱石と寅彦の交流

相思相愛　97
日記と書簡にみる交流　101
漱石の感化　126
寅彦と池田菊苗の感化――自然科学　141
寅彦の感化――クラシック音楽　153
漱石・寅彦人脈相関図　158

第三章　漱石の小説の中の寅彦

漱石の「文学論」と科学、小説家への転身　163

(一)『吾輩は猫である』

『猫』と登場人物　170
寒月、登場　172
「首縊りの力学」　177
「蛙の眼球の電動作用」　180
ヴイオリン　184

(二)『三四郎』

『三四郎』と寅彦　186
「光線の圧力の実験」　190
白い雲　202

(三)『野分』

白井道也先生　211
趣味　212

「慈善音楽会」 214
第四章　寅彦の物理の中の漱石
寅彦の「専門」 221
漱石の死の影響 229
落椿の物理学 234
奇妙な物理学 243
終　章
「要素還元主義」の反省 253
文理融合 259
参考文献 267

あとがき　277
漱石・寅彦関連年表　282

漱石と寅彦　落椿の師弟

まえがき

いまさら、夏目漱石（一八六七―一九一六）や寺田寅彦（一八七八―一九三五）について書くことなど何もないのではないか、という気がしないでもない。

この日本で、最も人気のある〝国民的作家〟であり続けている夏目漱石については、歿した大正五（一九一六）年直後から現在まで絶えることなく、さまざまな視点から網羅的に研究された書籍や一般向け書籍、パロディ小説など無数の本が出版されている。希有な物理学者・文学者である寺田寅彦についても、漱石ほどではないにしても、自然科学の専門家向け、あるいは一般読者向けの関連書がすでに多数出版されている。

まさに、汗牛充棟《かんぎゅうじゅうとう》の漱石・寅彦本である。

漱石の綺羅星のごとくの数多い弟子の中で、特筆すべきは寺田寅彦との関係である。

もちろん、「師」たる漱石は五高での邂逅以来、「弟子」たる寅彦に多方面に渡る多大の感化を与えているのであるが、江口換の「多勢のお弟子の中で、漱石が一ばん高く評価していたの

は、何といっても理学博士寺田寅彦だった。いや寺田寅彦の場合は、高く評価したという言葉さえもあたっていない。むしろ、漱石のほうでも十分な尊敬をもってうけ入れていた、というべきであろう。」(1) などの「証言」からも窺えるように、漱石自身も「弟子」たる寅彦から少なからぬ感化を受けたのである。

ちょっと大仰にいえば、二十一世紀初頭のいま、日本のこれからのあるべき社会の姿、文化を模索する上で、この二人を従来の視点、例えば、漱石が生き、寅彦の基盤となった明治時代の「和魂洋才」というような視点、とは異なった「文理融合」の観点から見直すことには大きな意味があるように思われるし、さらに「漱石と寅彦」を眺め〝自然科学者的文学者〟漱石、〝文学者的自然科学者〟寅彦が熟成された過程を知ることは、これらからのあるべき教育を考える上でも極めて有益だろう。

これから「漱石と寅彦」について述べようとする私は自分のことを「理系」とも「文系」とも考えていないのであるが、長年の「本職」は「物理学畑」なので世間的には一応「理系の人」に入れられている。また、後述するように、私は傍系ながら物理学者・寺田寅彦の玄孫弟子にあたる者でもある。このような私が、「汗牛充棟の漱石・寅彦本」に新たな一冊を加えようとすることにも多少の意味があるのではないかと自己弁護する由縁である。

先ほど、寺田寅彦のことを〝文学者的自然科学者〟と呼んだのであるが、実は、寺田寅彦は

X線結晶学の分野でノーベル賞級の仕事をした超一級の物理学者である。

寺田寅彦の六年ほど後輩にあたり、自らもX線結晶学の世界的大家であった西川正治(一八八四―一九五三)は「(寺田)先生の方法はラウエの所のやうに数時間を費やしてやっと一枚の写真をとるのではなく、結晶を動かしつつ直接斑点の変化を見る事が出来るので非常に都合がよく、従つて之れから斑点の出現の原理を難かしい数字を借らずに平易に『結晶格子中の網平面による反射』と云ふ言葉で云ひあらはされたのであつた。それと殆ど同時に英国でブラッグ父子が同じ様な解釈を与へた。ブラッグ父子は此の方面の発展に大に貢献したと云ふかどで後にノーベル賞を獲得したのであるが、若し我国の地理的不利や研究設備の相違がなかつたならば此の栄冠は寺田先生が得られたのではないかと思はれて残念でならない」(2)と述べている。

実は、私の「物理学」上の師はX線回折の加藤範夫先生(一九二三―二〇〇二)、師の師は電子線回折の上田良二先生(一九一一―九七)で、上田先生の師が西川先生なので、私は、この分野で寅彦先生につながるのである。したがって、誠に光栄なことに、極めて微かではあるが、私自身、〝漱石と寅彦の師弟関係〟に無縁ともいえない、と勝手に思っている次第である。

いま、いろいろと御託を並べてはみたが、私が「漱石と寅彦」について書きたいと思う理由は、正直にいえば、もっと単純で、まずは私が漱石と寅彦の熱烈なファンだからである。

古今東西の作品を読んでいて、その作者に是非会いたかった、会いたいものだ、と思うことは少なくないのだが、私が最も熱烈に「会いたいなあ」と思うのが漱石と寅彦なのである。

私がそう思うのは、まず第一には二人の作品に魅了されるからであるが、それに加えて、漱石と寅彦の師弟関係が実に、羨ましいほどにすばらしく、うるわしいからである。私も教師の端くれなので余計に思うのであるが、あのような弟子を持てた師も、あのような師を持てた弟子も、本当に幸せである。

ところで、本書のサブタイトル「落椿《おちつばき》の師弟」の意味は、よほどの漱石・寅彦通でないとわからないのではないかと思う。実は、「落椿」は本書で述べる漱石と寅彦の「文理融合」の「象徴」である。その意味は、本書を読み進めるうちに理解していただけるだろう。お楽しみに。

序 章

「文系」と「理系」

世の中の学問、専門、研究、仕事などは「文系」と「理系」に分けられることが多い。また、世の中には、一般に、自分のことを「文系の人間」あるいは「理系の人間」と考える人たちが多いようである。

国語辞典では「文（科）系」「理（科）系」がそれぞれの学問系統によって定義されているが、世間でいうところの「文系の人間」「理系の人間」の〝定義〟は単純で、あえてステレオタイプで述べれば、前者は「数学や物理などの理科系科目（特に数学）が嫌いな人、苦手な人」、後者はそれらが「好きな（嫌いでない）人、得意な（不得意でない）人」となるのではないだろうか。

そして、「文系の人間」にしろ、「理系の人間」にしろ、それは必ずしも自ら進んで、そのような〝分類〟に飛び込んで行ったわけではなく、現実的には、中学校、高校までの学科の試験の出来・不出来（つまり「成績」、もっと直截的にいえば「試験の得点」）によって、そのように分類されたという人が少なくないのではないかと思う。

「まえがき」で述べたように、私自身は仕事柄、世間的には「理系の人間」に入れられるので

あろうが、私は自分のことを「理系の人間」と意識したことは、小さい頃からいまに至るまで一度もないのである。これは誰にとっても同じことだと思うが、「私」という「個人」の中には「理系」の部分も「文系」の部分も混在しているのである。さもなければ、この複雑な現代社会で生きて行けるはずがない。要は、「文系」「理系」それぞれの程度の差である。

いずれにせよ、一人の人間が「理系」に属するか、あるいは「文系」に属するかなどというのは、本来、学校の学科の試験の成績の良し悪しなんかで決められるものではない。さらに、ついでにいえば、学校の試験などを通じて評価し得る人間の能力や資質は、ほんの少しの限られたものにすぎない。それなのに、一般社会では現実的に、学校の試験の成績次第で、一人の人間の「優劣」や「適性」、そして「文系」か「理系」かのレッテルが貼られてしまう傾向があることを否めないのは誠に遺憾であり、恐ろしいことでもある。

ともあれ、私が特に、ステレオタイプ的に「数学や物理が嫌い、あるいは苦手」な大半の「文系」の人たちに申し上げたいのは、「嫌い」あるいは「苦手」なのは、多分、あくまでも学校で教わった数学や物理、そしてそれらの試験のことであって、本当の数学や物理とは別ものだ（全く別とはいわないが）ということである。「文系の人間」たちの多くは、学校の教師や授業や教科書や試験の〝お蔭〟で数学や物理などが、ひいては自然科学が〝嫌い〟あるいは〝苦手〟になって（されて）しまったのである。

誰にとっても、「理系の人間」だろうが「文系の人間」だろうが、自然を素直な気持で観察し（これが自然科学の最も重要な基本姿勢なのである！）、自然の事象の因果関係、自然の道理を自分なりに考えることは楽しいことである。また、それは、われわれの人生を豊かにすることでもある、と私は固く信じている。

私は、ここで、寺田寅彦ゆかりの高知市を訪れた時に立ち寄った牧野植物園の展示室に掲げられていた牧野富太郎（一八六二―一九五七）の次の言葉を思い出す。

> 人の一生で、自然に親しむことほど
> 有益なことはありません。
> 人間はもともと自然の一員なのですから、
> 自然にとけこんでこそ、
> はじめて生きるよろこびを
> 感ずることができるのだと思います。
> 自然に親しむためには、まずおのれを捨てて
> 自然のなかに飛び込んでいくことです。
> そしてわたしたちの目に映じ、耳に聞こえ、

はだに感じるものをすなおに観察し、
そこから多くのものを学びとることです。

牧野富太郎は、土佐（高知）生まれの世界的植物学者であるが、日本各地の植物を自分自身で採集、観察し、独力で植物学を研究した人だけに、私は、ここに掲げる言葉の重みを一層感じるのである。

「二つの文化」

人類の叡智の賜物である自然科学は幾多の技術を生み、人類に、とりわけ現代文明人に、物質的繁栄、「便利さ」と「豊かさ」に満ちた生活をもたらした。特に二十世紀は、まさに「科学・技術文明」の満開期であり、半導体エレクトロニクスに代表される幾多の「ハイテク」が豪華な果実をたわわにした。

しかし、一方において、そのような科学と技術が、人類を含むすべての生物の生存の基盤である地球の自然環境を痛め、急速に破壊しつつあることも事実である。また、ほかならぬ現代文明人自身も、物質的な「豊かさ」や「便利さ」とは裏腹に、精神的病魔に冒されつつあるよ

うに思われる。

このような「文明」の「負の効果」の元凶の一つは、近代社会における「文系」と「理系」の遊離、分裂なのではないかと私は思う。

先年、私は『文科系のための科学・技術入門』(3)という本を上梓し、「二十一世紀に求められる科学と技術」について述べた。これは、長年、半導体エレクトロニクスという「現代文明」の「権化」のような分野で仕事をして来た私自身の〝懺悔〟でもあった。

この拙著のタイトルに、あえて「文科系のための」を付けたのは、一般に「文科系の人は科学・技術に疎い」といわれていることを意識したのも事実であるが、私の真意は二十世紀までの科学・技術の反省から、二十一世紀の科学・技術に火急に求められるのは「文科系の素養」であり、これからの科学・技術の望ましい進展には「文科系の人」の参加が不可欠だ、ということを強調することでもあった。また、同時にこれからは、「文科系の素養」に欠ける科学者や技術者は真に人類、地球のための貢献はできないだろう、ということを声を大にして叫ぶことであった。

これからの社会、また、社会の〝リーダー〟に求められるのは、一言でいえば「文理融合」の教養と見識であろうと私は考えている。

ケンブリッジ大学で分子物理学を学んだ科学者であり、小説家でもあったC・P・スノー

（一九〇五―八〇）は、一九五九年の「二つの文化と科学革命」と題する講演の中で、西欧、特にイギリスにおいて、「（自然）科学的文化」と「人文的（文学的）文化」という「二つの文化」の隔絶と対立が今日ほど顕著な時代はなく、それは真の意味での文化そのものの進歩はもちろん、正常な社会の進歩も阻害していると嘆いている（4）。ちなみに、スノーは、この〝文化〟を、イギリスの詩人・批評家のコールリッジ（一七七二―一八三四）の言葉を引用して「われわれの人間性を特徴づけるような性質と能力の調和のとれた形成」（傍点志村）と定義している（4）。

漱石山脈

いささか大仰なことを書いてしまったが、私が本書で書きたいのは、まさしく「文理融合」の巨人ともいうべき夏目漱石と寺田寅彦のことであり、文学者・夏目漱石の「自然科学」と自然科学者・寺田寅彦の「文学」の醸成過程のことである。

ここで、まず、漱石と寅彦の「師弟関係」について簡単に触れておきたい。

夏目漱石の弟子群は「漱石山脈」と呼ばれる。

漱石の書斎である〝漱石山房〟には多数の〝門下生〟が集まったが、後に彼らが作家、哲学者、評論家などとして名を成したので、彼らを総じて〝漱石山脈〟と称したのである。

小説家・評論家であり、文芸誌『新潮』の編集長でもあった中村武羅夫（一八八六―一九四九）は「夏目漱石のえらさは、むろん作家としてりっぱな作品をかいているせいであるが、その半面に、いい門下生を多勢もっていることにも、よると思いますね。（中略）作家にとって、いい門下がいるということは、その人の仕事とはべつに、やはり、大事なことですね」と語っている(1)。その中村の言葉を紹介している江口換（一八八七―一九七五）は漱石最晩年の門下生の一人であり、小説家・評論家・社会運動家であるが、自分が初めて漱石に会った時には「全身が燃え立つほどのはげしい感動」を覚え、「いましも私の眼の前にいるのは、芸術家とか学者とかいうような個々のものを超越した一個の偉大なる人なのだ。ほんとうのいのちをつかんでいる人なのだ。ほんとうの心の世界にすんでいる人なのだ。」(1)と書き遺している。生涯に一度でも、このような感想を遺せる人物に会えた人は本当に幸せだと思う。江口は同書の中で、さらに「みんなが最後まで漱石山房の人として集まっていたし、集まるのを光栄と考えていたのは、やはり、漱石の人間そのものに対する尊敬のためであった。そして、そこには作家としての漱石に対する尊敬もあったが、それと同時に、まれに見る高い教養と識見とをもったすぐれた文学人としての漱石に対する尊敬も、また大きな原因をなしていたのである。そのため漱石山房に集まる人々と漱石との結びつきは、あくまでも個人的であったといえる。そして漱石その人から何かを吸収しよう、何かを学びとろう、という気持ちで一ぱい

だった。だから、同じ師弟かんけいでも、その結びつきは気持のいいほど純粋な人間かんけいだった。」と述べている。

実は、私は晩年の「社会運動家」としての江口換しか知らず、江口換に対しては決していいイメージは持っていなかったのであるが、「夏目漱石」を調べている過程で、漱石に対してこのように〝純〟な感想を述べている江口換を知り、大いに見直したのである。そして、いまにして思えば、このように純な気持が、晩年の「社会運動家」江口換の原点でもあったのだと理解できる。私は江口の『わが文学半生記』(1)を読んで、江口換がとても好きになった。

漱石と寅彦の「師弟関係」

このように、漱石山房には、さまざまな門下生が集まっていたが、中でも異彩を放っているのは、物理学者の寺田寅彦であろう。

次章で詳しく述べるように、寅彦はもともと漱石の熊本(五高)時代の教え子である。寅彦は漱石に英語を習い、「放課後」には俳句の手ほどきを受けている。寅彦が漱石と初めて出合ったのは十八歳の時であり、その時、漱石は寅彦より十一歳年上の〝先生〟である。

つまり、漱石と寅彦との関係は、基本的には、生涯「師弟」である。

しかし、「漱石山脈」の一人であり、文学畑では鈴木三重吉（一八八二―一九三六）と共に漱石門下の双璧といわれた森田草平（一八八一―一九四九）は後年「漱石の所謂門下生の中で、先生自らが生前ひそかに畏敬してゐられたのは、恐らく寺田（吉村冬彦）さん位なものであつたらう。或ひは寺田さん一人だと云ひ切つた方がいゝかも知れない。」(5)と語っている。

ところで、この森田草平のエッセイ（「六文人の横顔」）が『文藝春秋』に掲載された一九三二年、寅彦はまだ存命である。寅彦自身が、この森田の文章をどのような気持で読んだのかは興味深いところであるが、残念ながら、寅彦の遺された「日記」にも「書簡」にも、何ら見出すことができない。

閑話休題。

さらに、「まえがき」で触れたように、江口換も「多勢のお弟子の中で、漱石が一ばん高く評価していたのは、何といっても理学博士寺田寅彦だった。いや寺田寅彦の場合は、高く評価していたという言葉さえもあたっていない。むしろ、漱石のほうでも十分な尊敬をもってうけ入れていた、というべきであろう。そして、そのかんけいは弟子というよりも、弟子以上といえば、もっとあたっているかもしれない。」(1)と述べている。

やはり、漱石門下で哲学者・教育家として知られ、学習院長を務めた安倍能成（一八八三―一九六九）も「一体夏目門下に於ける寺田さんの取扱は、いつて見れば『お客分格』であつた。

夏目先生は若いもの総ての美点と長所とを認められたけれども、寺田さんに対する尊敬は別であつたやうに思ふ。」(6)と書いている。この安倍能成は、昭和十一(一九三六)年一月六日、谷中斎場で行われた寺田寅彦の葬儀で、「我等の敬愛する先輩寺田さんは……」に始まり「悲しい哉。」で終る「弔辞」(6)を読んだ人物でもある。

このように、寅彦は、他の漱石門下生から見ても、漱石の単なる弟子の一人ではなかった。漱石は、寅彦の人格、才能を十分に評価し、それらに対し敬意を表していたのである。漱石にとって、寅彦がいかに〝愛弟子〟であったかは、漱石の「日記」や「書簡」からも窺い知ることができる。

例えば、寅彦が熊本の五高を卒業し、東京帝大理科大学物理学科進学のために上京する明治三十二(一八九九)年、漱石は畏友・正岡子規(一八六七―一九〇二)へ熊本から送った五月十九日付の手紙の中で「寅彦といふは理科生なれど頗る俊勝の才子にて中々悟り早き少年に候本年卒業上京の上は定めて御高説を承りに貴庵にまかり出る事と存候よろしく御指導可被下候」(7)と寅彦を紹介している。もちろん、ここで、漱石が俳人・子規に述べる〝才〟は〝俳句の才〟であろうが、たとえ、いかなる〝才〟があったとしても、人物的に認めなければ、寅彦を最高の親友であった子規に紹介するようなことはしなかったに違いない。

漱石にとって、寅彦は、出合った当初から(第一章「師との出合い」)、〝運命的な弟子〟で

あったように思われる。

事実、漱石は寅彦を通じて（第二章「漱石と寅彦との交流」）積極的に物理学への関心を深め、それを自分の文学作品に反映させたのである（第三章「漱石の小説の中の寅彦」）。

余談ながら、「漱石山脈」の一人、画家の津田青楓（一八八〇—一九七八）に「漱石山房図漱石と十弟子」という一幅の絵がある。これは与謝蕪村（一七一六—八三）の俳画「蕪門の十哲」に倣ったものらしい。青楓自身の言葉を借りれば、そこに描かれる「漱石の十弟子」とは「安倍能成、寺田寅彦、小宮豊隆、阿部次郎、森田草平、野上臼川、赤木桁平（池崎忠孝）、岩波茂雄、松根東洋城、鈴木三重吉」であるが「和辻哲郎君なんかも当然十人のなかに入るべき筈の人だが、十一弟子といふのも変なものだし、他にふりかへるにしても、どれもこれも描く上には特異の存在で、どの首をちよんぎつて他とさしかへるべきか途方にくれた。赤木桁平とか、岩波茂雄とかは新参の方だつたから、当然和辻君とさしかへるのが順当だつたかも知れないが、実は岩波氏の顔も桁平君の顔も書画からいふと捨てがたい珍品だつた。」（8）のである。つまり、青楓が選んだ「十弟子」は必ずしも漱石の弟子の中の〝トップ・テン〟というわけではなく、画家の目から見て〝絵になる十人〟といえなくもない。

しかし、この「十弟子」の構図を見ると、正面中央の漱石の左脇に、まさに脇侍《きょうじ》のような形で寅彦が座している。やはり、この絵を見ても、寅彦は、漱石にも、漱石の弟子たちにも、特

に一目置かれる存在であったことは明らかである。

閑話休題。

一方、寅彦は、漱石に俳句という「文学」の手ほどきを受けただけでなく、本職の物理学の研究自体も漱石の大きな影響を受けることになる。寅彦独特の物理学は後年「寺田物理学」と呼ばれることになるのであるが、そのような物理学は漱石の影響なくしてはあり得なかっただろう（第四章「寅彦の物理の中の漱石」）。

寅彦にとっても、漱石は単なる先生ではなかったのである。

漱石は大正五（一九一六）年十二月九日、満四十九歳の生涯を閉じるのであるが、寅彦は、その翌年一月十日の友人・桑木彧雄（一八七八―一九四五）宛の手紙の中に「夏目先生が亡くなられてからもう何処へも遊びに（純粋な意味で）行く処がなくなりました、小弟の廿才頃から今日迄の廿年間の生涯から夏目先生を引き去つたと考へると残つたものは木か石のような者になるように思ひます、不思議な事には私にとつては先生の文学はそれ程重要なものでなくて唯の先生其物が貴重なものでありました。」(9)と悲痛な気持を書いている。

明治以降の日本の「理論物理学」史の中で、長岡半太郎（一八六五―一九五〇）らを「初代」とすれば、この桑木彧雄は、石原純（一八八一―一九四七）らと共に「二代目」(10)を代表する一人である。実は、この桑木は、物理学者としての寅彦自身も少なからず影響を受けたアイ

ンシュタイン（一八七九―一九五五）が「最初に会った日本人」であり、「最初に会ったアジア人」でもあった(11)。桑木がベルンのスイス連邦特許局に勤めていたアインシュタインを訪ねたのは一九〇九年三月十一日のことである。また、桑木は、日本におけるアインシュタインの「相対性理論」(12)の最初の「解説」(13)を書いた人物としても知られている(10)。

ところで、寅彦がドイツ留学のためにベルリンに着くのは一九〇九年五月六日であるが、五月九日付の父・利正宛の絵はがきに「本日伯林より五六里を距てたるウエルダーと申す処へ本多さんにつれられて花見に参り候」(9)と書かれており、この「五月九日」にベルリンの写真館で撮影されたとされる本多光太郎（一八七〇―一九五四）、桑木、友田鎮三（生没年不明）、寅彦が並んだ貴重な写真が遺されている(10)。当時、本多は三十九歳、桑木は三十一歳、友田は三十六歳、寅彦は三十一歳である。

なお、アインシュタインが日本を訪れた一九二二年は日本中が物理学の関係者のみならず、一般大衆をも捲き込んだ「アインシュタイン・フィーバー」「相対性理論フィーバー」に襲われるのであるが(10・14)、寅彦も「相対性理論」「アインシュタイン」には大いなる刺激を受けたようで、一九二一年には「アインシュタインの教育観」(15)、「アインシュタイン」(16)、またアインシュタイン来日の一九二二年十二月には「相対性原理側面観」(17)の三編を書いている。

また、一九一七年一月の『ローマ字世界』の「夏目先生」（記者の聞き書き）の中で（原文は

ローマ字)「先生の思い出、その尊い思い出は、今なんと言ってよいか、私はそれを言い尽くせないような気がする、いや、私はむしろ話したくない、語りたくはない、語ることは私に堪えがたいような気がする。いま十年もたったらどうか知れないが、今のところ、私はそれをじっと胸に収めておきたいように思う。(傍点志村)」(18)と語っている。

そして、それから十五年後、寅彦は「夏目漱石先生の追憶」の中で「先生からは色々のものを教えられた。俳句の技巧を教わったというだけではなくて、自然の美しさを自分自身の眼で発見することを教わった。同じようにまた、人間の心の中の真なるものと偽なるものとを見分け、そうして真なるものを愛し偽なるものを憎むべき事を教えられた。」(19)と〝追憶〟している。

前述のように、漱石には「漱石山脈」といわれるほど多士済々の弟子がいる。しかし、その弟子の大部分は、漱石が明治三十八(一九〇五)年に『吾輩は猫である』を書いて〝国民的人気作家〟になってから集まった連中である。したがって、「漱石」という〝高名〟に対して打算や色気を持った「弟子」たちの存在も否めないだろう。その点、寅彦は、漱石がまだ「英語教師・夏目金之助」時代からの、いわば〝内弟子〟である。漱石と寅彦との関係が、並の師弟関係ではない理由の一つとして頷けよう。

事実、寅彦自身、〝愛弟子〟の中谷宇吉郎(一九〇〇—六二)に「『猫』をかかれる前の先生

は、まだちつとも世間的には知られて居なくて、弟子と云つてもまあ僕一人位だつた様なものだつた。『猫』が出て、小宮豊隆君が来て、確か小宮君が三重吉をつれて来たんだつたかなあ」(20)と語っている。

ちなみに、この〝小宮豊隆〟は、寅彦の終生の親友となった独文学者・小宮豊隆(一八八四―一九六六)である。

また、寅彦自身、〝漱石の弟子〟について「夏目漱石先生のお弟子と見られる人がかなり大勢いるようである。このお弟子の意味が随分漠然としていて自分にはよくわからない。それはとにかく、先生の芸術なり、またその芸術の父なる先生の人に吸引されて、しばしばその門に出入した人々をお弟子と名づけることになっているようである。しかし、この前記定義は実ははなはだ不完全であるかと思われる。どんな人でも先生に接して後のその人を見て、もし先生に接しなかった場合のその人を推察することは不可能であるから、先生の影響がないなどとはいわれないわけである。して見ると、結局お弟子の定義には証明の可能な門戸出入の頻度を標準するのが唯一の実証的な根拠なのだろう。お弟子の名も果敢ないものである。」(21)と、やや皮肉を込めて書いている。寅彦から見て、不愉快な〝お弟子〟が少なからずいたに違いない。

誰から見ても並ではない漱石と寅彦の「師弟関係」は、漱石が『明暗』未完のままに歿する大正五(一九一六)年までのおよそ二十年間、極めて濃厚かつ親密に続くのである。そして、

〝自然科学者的文学者〟の漱石と〝文学者的自然科学者〟の寅彦が熟成され、そこにわれわれは、見事な、そして高度の〝文理融合〟を見ることになる。

仏文学者・随筆家であり、寅彦とも親交があった辰野隆（一八八八―一九六四）は「寺田寅彦論」の中で「（寅彦が）まだ若かりしころ、夏目漱石《なつめそうせき》がかれを評して言えらく、『学問、芸術のいかなる方向に進んで行っても、寺田は将来必ず一流になるだろう』と。（中略）ぼくは二十余年前の昔も、昭和一〇年の今も、この随筆家のたぐいまれな随筆の数々を読むたびごとに、漱石のついにあやまたざりし予言を新たに思い起こして、さすがに夏目先生の目は高かったと思わざるをえない。」(22) と書いているが、〝師が弟子を見る目〟も〝弟子が師を見る目〟も共に高かったのである。

このような、まれなる〝文理融合〟の漱石と寅彦が生まれたのは、スノーが「二つの文化」の隔絶と対立を嘆く (4) 五十年ほど前のことである。

私は本書で、漱石と寅彦の〝師弟関係〟を通した〝文理融合〟を漱石の文学作品の中に、そして、寅彦の物理学の中に検証したいと思う。

第一章

師との出合い

漱石の松山、熊本行き

漱石が愛媛県尋常中学校（松山中学）に英語教諭として赴任するのは明治二十八（一八九五）年四月のことである。この時、漱石は二十八歳であった（余談ながら、漱石の満年齢は「明治の年」に一致する）。

漱石は、この二年前に東京帝大文科大学英文科を優秀な成績で卒業した後、直ちに大学院に進学し、当時は東京高等師範学校の英語教師になっていた。さらに、漱石は東京専門学校、国民英学会の教師も兼ねていた。また、山口高等学校からも強く招聘されていた。

このように、当時引っ張り凧だった漱石が、なぜ、自分の生まれ故郷であり、こよなく愛する東京を去り、高等師範学校や東京専門学校などの職を捨て、山口高等学校の招聘を断り、松山のような辺鄙な土地へ行ったのか。

松山といえば、後年、漱石が『坊っちゃん』に、〝坊っちゃん〟が松山中学に赴任するため松山郊外の三津浜港に着いたくだりで「ぶうと云つて汽船がとまると、艀《はしけ》が岸を離れて、漕ぎ寄せて来た。船頭は真っ裸に赤ふんどしをしめてゐる。野蛮な所だ。」(23)と書いた〝野蛮な所〟である。〝野蛮な所〟と書かれたら松山の人は腹を立てるかも知れないが、何しろ〝坊っ

ちゃん〟は箱根より西は僻地だと思っている〝江戸っ子〟なので仕方あるまい。

このように、〝行き先〟が僻地の〝野蛮な所〟である上に、文学士、そして高等師範学校講師・夏目漱石（当時はもちろん〝夏目金之助〟）の赴任先が一中学校である。

常識的に考えれば誠に不可解で、その理由について、多くの「漱石研究家」らによって「鬱病説」や「失恋説」などいろいろ推察されて来たのも理解に難くない。その「理由」を考えることは本書の任ではないので、ここでは、側近の弟子であった小宮豊隆の「私は漱石自身の口から、自分は何もかも捨てる気で松山に行ったのだと、言って聞かされている。何もかも捨てる気とは、結局生きながら自分を葬ろうとすることである。これは、ファウストについて言えば、ファウストが自身調合《ちょうごう》した毒杯《どくはい》を仰ごうとした、あの瞬間の心持と同じ心持である。」(24)という言葉を挙げるに止めておきたい。

しかし、本書が述べようとする漱石と寅彦との「運命的出合い」の点で、漱石が「何もかも捨てる気で行った」先が松山であったことは決定的に重要である。仮に、その「行き先」が四国の松山ではなく、例えば強く招聘された山口であったならば、寅彦との「運命的な出合い」はほとんどあり得なかっただろう。

漱石の「行き先」はなぜ松山だったのだろうか。

実は、松山は、漱石にとって初めての土地ではなかった。松山は一高時代からの親友・正岡

子規の故郷であり、漱石は、その二年前の夏、帰省していた子規を訪ねて、松山の子規の家で数日を過ごしている。

また、当時、漱石には肺結核の初期の徴候があったといわれ、長兄と次兄を結核で失っている漱石は温暖な〝僻地〟松山での転地療養を考えたのかも知れない。

さらに、松山中学が漱石に与えた八十円という外人教師並の月給も漱石の心を動かした理由の一つかも知れない。その辺りのことを漱石は、松山赴任後四ヶ月ほど経った七月二十五日に旧友の斎藤阿具（歴史学者、一八六八―一九四二）に宛てた手紙の中に真意かどうかわからないが「小生当地に参り候目的は金をためて洋行の旅費を作る所存に有之候」(7)と書いている。

ちなみに、斎藤阿具は、漱石とは大学予備門から大学院までを通じての級友であり、大学、大学院時代の寄宿舎では同室だった。漱石が斎藤宛に松山からこの手紙を書いた時から四ヶ月ほど前の斎藤の四月三日の日記に「午前夏目氏ヲ訪フ、氏ハ今度高等師範学校ノ講師ヲ辞シテ松山ノ中学ニ赴任スルニツキ、昨日告別ノタメ来訪セラレシモ、予不在ニシテ面会ヲ得ズ、因テ本日往訪セシナリ」(25)と書かれている。

この「月給八十円」は、松山中学校長の月給よりも高く、また前任の東京高等師範学校の年俸が四百五十円（月給三十八円弱）のことを考えれば、松山中学での漱石の俸給の〝破格〟さが理解できるであろう。

ところで「金をためて洋行の旅費を作る所存」だった漱石ではあるが、先に紹介した斎藤阿具への手紙の文面は「……候処夫所ではなく月給は十五日位にてなくなり申候」と続く。漱石の、少なくとも金銭的な「目的」は赴任三ヶ月にしてすでに挫折したようである。

しかし、斎藤が、その「小生当地に参り候目的は……」の手紙を受け取った時のことを「何処まで真面目の本音であるか、僕にも分らねど、兎に角松山時代を知るべき面白い一材料だと思ふ。」(25)と書いているように、漱石が、本当に「高額の俸給」に誘われたのかどうかはわからない。

私は、この手紙に、まさに無鉄砲な〝坊っちゃん〟さながらの漱石を感じ、漱石に一層の親しみを覚えるのである。

漱石側の希望だけでは漱石の松山行きが実現するわけではない。漱石に松山中学赴任の話を持ち込んだのは、それまでに漱石の〝参禅〟などの相談にも乗っていた一高時代の先輩である菅虎雄（一八六四―一九四三）であった。菅は日本におけるドイツ文学研究の嚆矢《こうし》となった人物で、一高のドイツ語教授を務め、漱石末弟の芥川龍之介（一八九二―一九二七）や久米正雄（一八九一―一九五二）らにドイツ語を教えたといわれる人物である。この菅虎雄が、当時愛媛県の書記官をしていた浅田知定（一八六二―一九二六）から松山中学英語教諭の人選を頼まれ、この話を漱石に向けたのであった。

こうして実現した漱石の〝乾坤一擲《けんこんいってき》の背水《はいすい》の陣《じん》のような〟松山落(24)ではあったが、漱石は一年後の四月、松山中学を辞任し、熊本へ行き、第五高等学校（五高）に赴任することになる。

小宮豊隆にいわせれば、漱石は〝乾坤一擲の背水の陣〟で松山へ行ったのであるが、赴任当初から松山を好きになれなかったようである。松山着早々の五月二十六日、神戸県立病院に入院していた子規宛の手紙の中に「当地の人間随分小理窟を云ふ処のよし宿屋下宿皆ノロマの癖に不親切なるが如し大兄の生国を悪く云ては済まず失敬々々」(7)と書いている。そして、十一月六日には、つい二、三週間前までは自分の松山の下宿にいて東京に帰った子規宛に「此頃愛媛県には少々愛想が尽き申候故どこかへ巣を替へんと存候今迄は随分義理と思ひ辛防致し候へども只今では口さへあれば直ぐ動く積りに御座候貴君の生れ故郷ながら余り人気のよき処では御座なく候」(7)と書くまでになった。また、翌年一月十六日の子規宛手紙には「小生依例如例《れいによってれいのごとく》日々東京へ帰りたくなるのみ」と望郷の念を綴っている。

漱石は、松山および松山人に対する批判、不快感を募らせると同時に、東京への望郷の念を急速に強めて行ったようである。前掲の五月二十六日の子規宛の手紙の中に「僻地師友なし面白き書あらば東京より御送を乞ふ結婚、放蕩、読書三の者其一を択むにあらざれば大抵の人は田舎に辛防は出来ぬ事と存候」(7)と書いている。漱石にとっては何よりも松山に「師友なし」ということが痛手だったのではないかと思われる。

漱石は「何もかも捨てる気」で東京を離れ、松山へ行ったのではあるが、松山に着いてからわずか一ヶ月余で、子規に本を送ってくれと頼み、松山に嫌気が差してしまったのである。まさに「親譲りの無鉄砲で小供の時から損ばかりして居る(23)」〝坊っちゃん〟漱石を彷彿とさせるではないか。

漱石は、前掲の子規宛十一月六日の手紙に「十二月には多分上京の事と存候」(7)と書いているのだが、事実、十二月末に上京し、貴族院書記官長・中根重一(一八五一―一九〇六)の長女・鏡子(一八七七―一九六三)と見合いし、婚約した。「田舎に辛防」するために、「結婚、放蕩、読書」の三者から、漱石はまず「結婚」を択んだようである。

「口さへあれば直ぐ動く積り」であった漱石は、自分の希望からも、岳父の希望からも東京に転任したかったに違いないが、生憎、東京には適当な「口」がなかった。

そのうち、熊本の第五高等学校から招聘の話が来るのであるが、これがまた、漱石を松山へ喚《よ》んだ、あの菅虎雄からの話だった。当時、菅は五高にいたのである。その時の顛末を菅が「夏目君の書簡」(26)というエッセイ(『漱石全集月報』昭和三年九月)に次のように書いている。

私が熊本の高等学校に行つてゐる際、当時松山中学へ行つてゐた夏目君からいろ〳〵不平を述べた書簡を貰つた。当時熊本高等学校の校長は中川元氏で、その中川校長が熊本高等学校

に英語の教師がほしいがといふやうな話をされたので、そんならと云つて夏目君の話をし明治二十九年の春熊本に来るやうになつた。

この漱石の、漱石に松山行を斡旋した菅に書き送った「いろいろ不平を述べた書簡」は興味深いのであるが、菅が同エッセイの冒頭に「夏目君の書簡といつて今私はあまりたくさん所持してゐない。之は極く親しかつたため、生前その書簡もそんなに大切にせず保存もしておかなかつたためである。」と書いている通り、残念ながら、いま読むことができない。

ともかく、漱石は明治二十九（一八九六）年四月八日付で松山中学での授業嘱託を解かれ、四月十四日付をもって「当校英語科ノ教授ヲ嘱託シ為報酬一個月金百円贈与」との辞令を第五高等学校から交付された(27)。

こうして、漱石は〝嫌気が差した〟松山から離れることになるが、この転任に際して、松山中学全校生を集めて述べた「告別の辞」の大要が遺されている(28)。

いま私はこの松山を去つて、熊本高等学校へ赴任することになつた。これを栄転であると言つて祝福される人もある様だが、私は決して栄転だとは考へてゐない。高等学校の教授であらうとも、中学校の教師であらうとも、私にとつては何ら選ぶところはない。で、然らば

何故私はこの中学を棄てて熊本へ去るか、或は何故松山を去るかと反問せられる人があるだらう。この反問に対して私は答へる、それは生徒諸君の勉学上の態度が真摯ならざる一事である。私はこの一言を告別の辞とする事を甚だ遺憾に思つてゐる。生徒諸君は必ず此事について思ひ当る時が来るであらうと信ずる……

さすが漱石、いいもいったりと思う。普通、「告別の辞」は美辞麗句で適当に〝御茶を濁す〟ものと思われるが、私は漱石の引き際の凛とした姿に感動する。

漱石は、松山中学の生徒、そして松山に対して、よほど腹に据えかねていたらしい。同年七月二十四日、自分の後任として松山中学に赴任した玉虫一郎一（生没年不明）に、熊本から「松山中学の生徒は出来ぬ僻〔癖〕に随分生意気に御座候間可成〔なるべく〕きびしく御教授相成度と存候又地方の人情は倫俐の代りに少しも質朴正直の事無之候間是亦御含み置相成〔度〕候」(7)と書き送っている。宮城県出身で、東大英文科の後輩に対する〝親心〟でもあったのだろう。

しかし、私はここで、「松山中学の生徒」を少々弁護しておきたい。漱石がいうように「出来ぬ癖に随分生意気」な生徒ばかりではなかったのである。

例えば、後年『都新聞』の主筆を務めた山本信博（生没年不明）は次のように書き遺している(29)。

先生の人格と学識との光は、直に生徒を圧服し去つて、誰一人先生を謳歌せぬ者は無い様になつた。（中略）当時卒業生中の腕白者数名が、新米先生を冷かしてやらうぐらゐの意味を以て、先生の下宿を訪問したが、僅に三十分か一時間の談話中に、何か知らん感心させられてしまつて、虎の如くにして往つた者が、猫の如くになつて帰つて来た事もあつた。恥かしながら其猫の中に私も交じつて居たのである、（中略）

其後、先生は熊本の五高に転任せられたが、私共松中出身の生徒等は、同県出身の先輩を迎へるよりも、より以上の悦びに親しみとを以て先生を歓迎した。同県人会にも必ず先生の御出席を要望する、御宅にも度々御邪魔に上る、一校崇敬の中心たる先生が、自分等と特殊の関係にあることを誇ると同時に、先生を他県の人、他族出身の人の手に渡すことが惜しくて堪まらない様な感じを以て、常に先生の周囲を取り囲むで居た。（後略）

——一九一七（大正六）年十二月

また、後年、漱石の糖尿病の治療にあたり、医師として臨終にも立合うことになる真鍋嘉一郎（一八七八—一九四一）は「松山中学時代の夏目先生は、先生から俳句を教はつた松根君や都新聞にゐる山本〔信博〕君や又船田君なぞの方が詳しく知つてゐるだらう。私は只、英語を

よく勉強する男と云ふので、先生から認められてゐたゞけである。もとより私も、先生をそんなに偉人だとは思はず、只い丶親切な先生だと思つてゐた。中には先生を厳格な怖い人だとばかり思つてゐた人もあつたが、私には少しもそんな事はなかつた。」(30)と述べている。

もちろん、当然のことではあるが、松山中学にもさまざまな生徒がおり、漱石は見所のある生徒は可愛がり、見所のない生徒は歯牙にもかけなかっただけなのである。

教師の端くれである私にも、漱石の気持は十二分によく理解できる。

ただ、漱石の「告別の辞」を読めば「見所のない生徒」が多かったのであろうことは想像に難くはない。

さて、明治二十九（一八九六）年四月、漱石は松山を去って熊本へ行き、ほどなく寅彦と〝運命的出合い〟をすることになるのであるが、この漱石の熊本行自体も極めて〝運命的〟である。

前述のように、漱石を熊本の五高に誘ったのは、たまたま当時、ドイツ語教師として五高にいた菅虎雄である。菅虎雄はなぜ漱石を五高に誘ったのかといえば、当時の中川元《はじめ》校長が五高に英語教師を求めていたからである。

それでは、中川校長は、当時なぜ英語教師を求めていたのであろうか。そこには、まさに〝運命〟そして〝人生〟の不思議さ、面白さが横たわる大きなドラマがあった。この〝ドラ

マ〃が結果的に、漱石と寅彦との〝運命的出合い〃をもたらすことになるのである。

中川元（一八五二―一九一三）の生涯自体極めてドラマチックで興味深いのであるが（31）、ここで触れるのは漱石に関係することのみに限らざるを得ない。

中川元が前任の第四高等学校を辞し、第五高等学校長として金沢から熊本へやって来たのは明治二十六（一八九三）年二月のことである。ちなみに、中川校長の前の校長は、講道館柔道の創始者であり、日本最初のＩＯＣ（国際オリンピック委員会）の委員として国際的なスポーツ交流に偉大な貢献をした嘉納治五郎（一八六〇―一九三八）である。

中川校長が五高に赴任した時、そこには、あのラフカディオ・ハーン（小泉八雲、一八五〇―一九〇四）が〝お雇い外国人教師〃として勤務しており、英語のほかにフランス語、ラテン語を教えていた。ハーン（ヘルンと呼ばれていた）が前任の島根県尋常中学校（松江）から五高に移ったのは、中川が赴任するおよそ一年半前の明治二十四（一八九一）年十一月である。ハーンは中川新校長との初対面の印象を、松江の尋常中学校において親交を結んでいた西田千太郎教頭（一八六二―九七）への書簡の中で「長く仏国に居たので、うまく仏語を話します。嘉納氏よりは身丈が高く、非常に温和で、慇懃な人のやうです」（31）と書いている。

実は、このハーンは、熊本という土地、さらに五高に対して激しい嫌悪の情を抱いていたのである。ハーンの熊本嫌いは着任早々からのもののようで、前述の西田千太郎宛に「熊本は私

が初め思った通りです―日本で最も醜く、最も不快な都会です。冬季寒くはなく、また降雨がひどいこともありませんが、天気が怖ろしく変化し易く、また堪らないほどかびくさく、熱病の多い土地です。」「私は依然として知り合いのない、外客に止まつてゐる」(31)と書いている。ここまで読まれた読者は、松山に赴任した〝松山嫌い〟の漱石を思い出したであろう。何と似ていることだろうか。

結局、ハーンは明治二十七(一八九四)年十月に熊本を去ることになるのであるが、このことが、中川校長に「五高に英語の教師がほしい」といわせ、漱石が熊本に来る運命を開いたのである。

松山に赴任した漱石が松山を嫌い、熊本に赴任したハーンが熊本を嫌った。それは、ほぼ同時期のことだった。

このような状況下で、漱石の熊本行に直接的に関わったのは、漱石を松山に送ったあの菅虎雄である。

そして、結果的に、この菅虎雄が〝漱石と寅彦との運命的出合い〟の「片面」の〝お膳立て〟をしたことになる。

寅彦の熊本行にも運命的なものがあり、漱石、寅彦それぞれの〝運命的なもの〟が重なりあって、〝漱石と寅彦との運命的出合い〟が実現するのであるが、寅彦の〝運命的熊本行〟に

ついては次項で述べる。

ところで、五高を去ったハーンは東京帝大に移り、そこで英語を教えることになる。後年（一九〇三年）、漱石が五高教授を辞任し、一高に移り、東京帝大英文科講師を兼任するのであるが、この〝兼任〟はハーンの〝後任〟としてであった。ハーンの辞任（事実は〝解任〟）は、後述するように、漱石の英国留学、そして帰朝と無関係ではないのである。つまり、漱石とハーンの「出入り」がここでも繰り返されたことになる。また、この漱石の〝一高への転任〟にも、あの菅虎雄が関係することになる。〝運命〟とは誠に不思議なものである。

さて、〝寅彦の熊本行〟の話の前に、中川校長について、もう少し触れておきたい。

中川校長は、明治三十三（一九〇〇）年に第二高等学校長として仙台に移るまで、五高の校長として約八年間勤務するのであるが、この間に中川がなした業績の中で、「日本文学史」の観点から特筆すべきは、漱石（もちろん当時は、英語教師・夏目金之助）の採用と、その資質を見込んで、イギリスへの留学を文部省と交渉して実現させたことだろう。後の経緯を考えれば、この「英国留学」なくして「文豪・夏目漱石」が生まれ得なかったのは明らかである。

ところで、漱石はハーンの後任として着任した東京帝大で明治三十六（一九〇三）年九月から明治三十八（一九〇五）年六月まで「英文学概説」を講義しているが、その講義録をまとめた『文学論』[32]の「序」の冒頭に、この「英国留学」について

余が英国に留学を命ぜられたるは明治三十三年にて余が第五高等学校教授たるの時なり。当時余は特に洋行の希望を抱かず、且つ他に余よりも適当なる人あるべきを信じたれば、一応其旨を時の校長及び教頭に申し出でたり。校長及び教頭は云ふ、他に適当の人あるや否やは足下の議論すべき所にあらず、本校は只足下を文部省に推薦して、文部省は其推薦を容れて、足下を留学生に指定したるに過ぎず、足下にして異議あらば格別、左もなくば命の如くせらるゝを穏当とすと。余は特に洋行の希望を抱かずと云ふ迄にて、固《もと》より他に固辞すべき理由あるなきを以て、承諾の旨を答へて退けり。

と述べている。

しかし、松山赴任の直後、旧友の斎藤阿具に書いた手紙（三五ページ）の中の「小生当地に参り候目的は金をためて洋行の旅費を作る所存に有之候」と、この「序」に書かれた「余は特に洋行の希望を抱かず」とは矛盾しているように思われる。斎藤阿具に手紙を書いた松山赴任直後の明治二十八（一八九五）年七月と、その五年後の〝当時〟とでは、漱石の心境に変化があったのだろうか。

このあたりの〝矛盾〟を〝愛弟子〟の小宮豊隆は次のように説明している(33)。

しかし漱石の自分自身に対する幻滅の程度が、明治二十八年よりも明治三十三年の方が、一層深刻であったと想像すれば、別に矛盾でもなんでもなくなるに違いない。その上漱石は「特に洋行の希望を抱か」なかったというまでで、それを固辞《こじ》するほど洋行が嫌いだったわけではなかったのである。もっとも辞令には「英語研究ノタメ満二年間英国へ留学ヲ命ズ」とあって、「英文学研究ノタメ」とはなかった。その点に漱石が留学を「特に」希望しない、他の大きな理由があったのかも知れないが、しかしこれは漱石自身が文部省に時の専門学務局長上田万年《うえだかずとし》を訪《と》い、自分の研究題目が「英語」とあって「英文学」とないことについての疑義を質《ただ》した上で、それが「多少自家《じか》の意見にて変更し得るの余地ある事を認め得」たので、ここでも「特に洋行を希望」しない理由はなくなった。

ともあれ、前述のように、この「英国留学」は文豪・夏目漱石の誕生はもとより、本書のテーマである「文理融合」にも不可欠の要素であるので、改めて、中川校長の〝貢献〟を称えたい。ところで、先述のように、この英国留学が漱石の一高への転任と大きく関わり、それがひいては、熊本で運命的な出合いをする寅彦との「師弟関係」を一層深めることになるのであるが、この漱石の〝一高への転任〟の顛末が狩野亨吉（一八六五―一九四二）によって書かれている(34)。

夏目君と自分が一番多く会つてゐたのは熊本時代で、自分が行くより先に彼は行つてゐたのであるが、その時分は毎日のやうに会ふ機会があつたが、大してお話するやうな事柄も記憶にない。その後夏目君が洋行して、ロンドンの宿で鬱ぎ込んでゐるといふ消息を誰かが持つて来た。慰めてやらなければいかんといふのだが、その第一の理由は熊本へ帰りたくない、東京へどうかして出たいといふにあるらしい。

そこで自分が其頃は熊本から一高へ来て校長をしてゐたので菅君や山川君が夏目を一高へ取れといふ。しかし熊本から洋行して帰つたらすぐに一高へ出ると言ふのではまづいので、大学の方で欲しいといふことも理由となつて遂に一高へ来ることにきまつた。

それですぐロンドンへ東京に地位が出来るといふことを報せる為電報を打つた。それに対する返事だと思ふが長文の手紙を寄越した。その手紙は菅、大塚、山川、自分などに連名で宛てたもので、相当に理窟ぽいことも書いてあつたやうに覚えてゐる。（傍点志村）

しかし、狩野が、この文章を書いたのは、漱石の英国留学中から数えれば、およそ三十五年後のことなので、記述された内容が不正確なのは仕方がないのかも知れないが、『漱石全集』に収録されている漱石自身の書簡と照会してみると、明らかな食い違いがある。

この「電報」が、いつ漱石に打たれたのかは不明であるが、狩野が〝「それに対する返事」と思う連名宛の「長文の手紙」〟と覚しき手紙は明治三十四（一九〇一）年二月九日の日付でロンドンの漱石から「狩野君　大塚君　菅君　山川君」宛に出されている。この手紙は、確かに『全集』本で八ページにも及ぶ長文で「相当に理窟ぽいこと」も書かれている。しかし、その末尾に「狩野君と山川君と菅君に御願ひ申す僕はもう熊本へ帰るのは御免蒙りたい帰つたら第一で使つてくれないかね未来の事は分らないが物が順にはこぶと見て僕も死なず狩野君も校長をして居るとした処で如何ですかな御安くまけて置きますよ（傍点志村）」(7)と漱石が書いていることを考えれば、この手紙は「東京に地位が出来るといふことを報せる」電報の返事ではあり得ない。ちなみに、この〝第一〟は当時、狩野亨吉が校長をしていた東京の第一高等学校（一高）のことである。

漱石は、この長文の手紙を書いてからほぼ四ヶ月後の六月十九日に、同じ船でドイツ留学に出発し、当時ベルリンにいた藤代禎輔（一八六八―一九二七）宛の手紙の中で「第一高等学校で僕を使つてくれないかと狩野君へ手紙を出した返事が来ない熊本はもう御免蒙りたい」(7)と書いている。さらに、それから三ヶ月後の九月十二日には、すでに理科大学生になっていた寺田寅彦への手紙の中に「僕も帰つて熊本へは行き度ない可成《なるべく》東京に居りたい然し東京に口があるかないか分らず其上熊本へは義理があるから頗る閉口さ」(7)と書いている。

結局、東京での「口」が決まらないまま、漱石は明治三十六（一九〇三）年一月、二年余の英国留学から帰国するのであるが、小宮豊隆によれば「――こうした心元《こころもと》ない気持で東京に帰って見ると、東京では狩野亨吉と大塚保治《おおつかやすじ》との尽力で、第一高等学校と大学とにほぼ口がきまって、漱石を待っていた」(33)のである。同年四月十五日付の漱石の狩野亨吉への持参状に「英語嘱託辞令一通御送被下難有存候先は右御受取迄」(7)とあるが、漱石の「口」が決まるまでの経緯については不明である。

ともあれ、漱石は「行きたくない」熊本に行くことはなく、無事、東京に「口」を得たのである。同年三月八日、漱石は、当時、五高の英語教授だった奥太一郎（生没年不明）に「帰朝後身辺の事に関しては矢張熊本向へ下向の筈の処色々事情有之当地にとゞまる事と相成候（中略）小生東京へとゞまる事と相成候に就ては御校に少からぬ御迷惑相懸候事と心痛致居候事情不得已《やむをえざる》義に候へども一半は小生不注意より生じ候事と深く慚悔罷存候」(7)と書き送っている。

寅彦、熊本へ

寺田家は代々高知の在であるが、寅彦は明治十一（一八七八）年十一月二十八日、東京の平

河町に生まれている。父・利正は、高知県士族で、当時、陸軍会計一等監督、西南の役（明治十年）に従軍の後、寅彦は利正の転任の関係で名古屋、高知、そして再び東京と転居するが、八歳の時（明治十六年）、土佐郡江ノ口小学校に転入学し、明治二十九（一八九六）年、十八歳の時に高知県尋常中学校を首席で卒業するまでの十年間は高知で過ごすことになる。

土佐では、優秀な生徒は京都の第三高等学校（三高）へ進学するのが普通だった。

ところが、寅彦が「定石」通りに京都の三高に行かずに熊本の五高へ行くことになる運命的な事件が中学で起り、寅彦は運命的な人物に出合うことになる。

もちろん、寅彦の抜群の成績、頭脳、寺田家の経済力を考えれば、東京の一高であれ、京都の三高であれ、その気にさえなれば、どこへでも入学できたであろう。事実、寅彦の同級生の中には五高へ行かずに一高や三高へ行った者もいる。しかし、寅彦は熊本の五高へ行くことになるのである。そして、その時の仲間には、寅彦と漱石との偶然的な、しかし運命的な出合いを誘引した者が含まれていた。人生とは実に面白いものである。

寅彦が、もし、それまでの「定石」通りに三高へ行っていたら、漱石との出合いもなかったに違いない。漱石と三高との接点は皆無である。

その〝運命的な事件〟の顚末が、高知県尋常中学校の寅彦の同級生・間崎純知（生没年不明）の談話として遺されている（35）。

この間崎や寅彦が三年生の時、生徒に最も人望があった数学の教師を、校長が「故なく」罷免したことが契機となって「校長弾劾」のストライキが上級生を先頭に行われた。このストライキは三十日も四十日も全校を休校にするほどの大ストライキだった。間崎は「全くこの頃の土佐の学生は武道が盛んで喧嘩はする武張つた事を好む、元気に充ちた気風が横溢して居つたものです」と回想している。

結局、このストライキは校長を追い出すことによって収拾するのだが、新校長として、豪傑肌ではあるが英国仕込の千頭《ちかみ》清臣（生没年不明）が若い学士たちを従えて赴任した。この千頭は後に県知事になったほどの人物で「容貌も立派だし演説などの態度が非常に立派で従来の校長とは雲泥の差」があった。また、この新校長の方針は「生徒の士気を鼓舞する教育」で、野球、フットボール、クリケット、ボートレースなど田舎中学生には思いもよらぬスポーツを輸入した(36)。

このような千頭校長は〝鼻つぱしの強い土佐人〟(35)をすっかり魅了したのである。

間崎純知の「談話」(35)を聞いてみよう。

従来土佐では、高等学校は京都へ行くのが殆んど御定まりでしたが、我々の時から、熊本の第五高等学校へ行くやうになりました。その理由は、京都は学生の素行上面白くない事が

多い。といふのは遊ぶところが多くて遊蕩気分に犯される輩も有つて危険性がある。京都は料理屋なども盆と正月に勘定するといふ調子で、学生なども借金がいくらも出来る。堕落してしまう虞れが十分に有る。千頭先生がかういふ具合にお考へになつたから一層昔から薩長土肥といはれてゐる位だから熊本へやつて薩長肥の連中と一緒にした方が人格の訓練上成績が良いだらう。明治初年西南の役に熊本城に籠城して薩摩の叛軍を撃退したのは土佐の谷将軍で有つた。縁故の深い所で有るといふので熊本へ行く事になつたのです。

当時の五高の校長は前述の嘉納治五郎であり、嘉納が校長になって以来、五高の名は大いに上っていたのである。また、寅彦の父・利正がかつて熊本鎮台に職を奉じたことや、後に寅彦が下宿することになる熊本鎮台時代の部下である柏木義視（生没年不明）が熊本にいた(37)ことも、寅彦の五高進学に大きな影響力があったであろう。

寅彦自身がいつ熊本行を決心したのかは明らかではないが、入学する年（明治二十九年）の四月二十九日の日記に「此日当校へ熊本ヨリ書状至リ本年ノ入学志願者ハ予定人員ヲ超過スル故撰抜試験ヲ行フ旨通知シ来レリ　此件ニ就キ放課后岩淵教頭ニ号教室ニテ余等ニ報告アリタリ」(38)と書いているから、遅くとも、この年の初頭には五高進学を決めていたものと思われる。

また、この日の寅彦の日記には、「入学志願者の予定人員超過数」について、法科〇、文科

二、工理農三十一、医科三十一と記されており「之レガ為ニ部及三部志望ノ者ハ大ニ閉口シ法科或ハ文科ニ変更セントスルモノモアリ」ということであった。寅彦は「工理農」志望だった。結果的に、寅彦は、この年の七月、中学を首席で卒業し、五高へ無試験で入学することになる。この頃（正確な日付は不明）の日記に「（中学の定期）試験も終りたればいで熊本へ入学試験の下調べにてもなさんとて数学漢文国語などの勉強に二三日を過す内追々熊本にありつる友達も帰省して之れ等の人々の宅をも訪問しつ　試験の成績優等なりければとて高等学校へ入学無試験にて許さるゝ由当校より通知し来りし時如何に嬉しかりけむ」(38)と書いている。

こうして、寅彦の五高進学が決まるのであるが、この時の様子を再び前掲の間崎の談話で見てみよう。

> 土佐の中学がすでに今話したやうな有様で、その千頭先生の尚武の教育を受けた学生等が熊本へ行つたのですから、その校風なり気風なりは略想像がつくと思ひますが、我々の集まる前には五高は嘉納治五郎先生が校長で柔道は勿論撃剣其他大に尚武剛健の気風を作られたのです。さういふ中へ文芸趣味の深い学者肌の寺田が行つたわけです。　（傍点志村）

運命的出合い

こうして、漱石は熊本の五高に明治二十九（一八九六）年四月に赴任し、寅彦は同年九月に入学する。

いままで縷々《るる》述べて来たように、漱石と寅彦の二人がほぼ同時期に熊本に来たということは、さまざまな事件や偶然の積み重ねの結果である。仮に、そのような事件や偶然が起る〝確率〟を掛け合わせて行ったならば、その積は限りなくゼロに近いだろう。その〝限りなくゼロに近い確率〟の中で、漱石と寅彦とは〝運命的な出合い〟をしたのである。

学生時代に読んだエンゲルス（一八二〇—一九五）だったかの本の中に「偶然は必然の一つの発現形態である」という言葉があったが、歴史的人物のさまざまな出合いや私自身の人生の中での出合いを思い起してみると、「出合い」が起る根底には神や仏のような超越者（私は〝お天道様〟と呼ぶのが好きなのであるが）の力による必然性が働いているように思えてならないのである。

私は長年、自然科学の分野で仕事をして来た人間なのであるが、少なからぬ「偶然」の実体験を通じて、また、宇宙論や量子論を勉強すればするほど、「神（Something Great）」（お天道様）

の「存在」と「力」あるいは「采配」を信じざるを得なくなっている自分を強く感じるようになっている(39)。ニーチェ（一八四四―一九〇〇）がいうところの「偶然という足をはたらかして――踊りたがっていること（傍点原文）」であり、「運命愛」(40)なのだろうか。また、漱石が子規に書き送った「一道の愛気」(7)だろうか。

しかし、誰にでも「偶然」(「神」が与えてくれた「縁」)を活かせるものではない。「柳生家家訓」に「小才は縁を求めて縁に気付かず、中才は縁に気付いて縁を投げうち、大才は縁に気付いて縁を活かす」(41)とある。

やはり、漱石も、寅彦も大才であった。

寅彦は五高で、一年生の時から漱石に英語を学ぶことになり、ここに〝師弟関係〟の運命が開かれたのである。

漱石の松山中学時代の様子を述べたところで紹介したように「漱石は一体できる学生は非常に可愛がり、できない学生には随分冷淡なところがあつた」(42)のであるが、寅彦は英語も大変よくできたのである。もちろん、寅彦はどんな教科も（体育以外？）よくできたので、どんな教師からも可愛がられたであろうが、漱石が教えていた英語がよくできたことは「運命」にとって好都合であった。

先に紹介した同級生の間崎純知は「談話」の中で「夏目先生は英語を教へるのですが、教室

での質問は一切英語でやらせました。寺田は秀才ですし、語学が達者で先生の御答に困られる様なよい質問をするので夏目先生は非常に寺田を可愛がつて居られました。寺田はよく僕の質問には夏目先生も御答出来ん事があると得意で言つて居ました。」(35)と述べている。

寅彦は中学時代、アメリカ帰りの〝蓑田先生〟に英語を徹底的に習ったらしい(43)が、それ以前に、英語はかなり得意だったようである。「若き寅彦の読書法」(44)という「談話」の中で次のように述べている。

英語などはちょっと骨の折れるように思う者があるかもしれぬが、幸いなことに自分は高等小学の二年ごろから、隣家に住んでいるある先生の所にいって、英語だけは習っていた。それのみではなく、自分の通っていた小学校では、三年のときからすでに英語を課し、四年を終わるころには、リーダーの三くらいは読んでいたので、比較的困難と聞いていた英語科も格別の苦労は感じなかったのである。

ここに書かれている「隣家に住んでいるある先生」は〝重兵衛さんの長男楠次郎さん〟である。この〝重兵衛さんの一家〟のすばらしさは、寅彦の後年（一九三三年）の随筆「重兵衛さんの一家」（私見ながら、数ある寅彦の随筆の中で、私が最も好きな随筆の一つである）(45)に余す

ところなく書かれているが、〝重兵衛さんの一家〟の人たちが〝人間・寅彦〟の形成に与えた影響は多大である。

例えば、寅彦は、まず、重兵衛さんについて「とにかく重兵衛さんの晩酌の肴《さかな》に聞かしてくれた色々の怪談や笑話の中には、学校教育の中には全く含まれていない要素を含んでいた。そうしてこの要素を自分の柔らかい頭に植えつけてくれた重兵衛さんに、やはり相当の感謝を捧げなければならないように思う。重兵衛さんは自分の心にファンタジーの翼を授け、自分の現実世界の可能性の牢獄を爆破してくれた人であった。」と書いている。また〝重兵衛さんの次男で自分よりは一つ二つ年上の亀さん〟については「学校ではわりに成績のよかった自分が、学校ではいつもびりに近かった亀さんを尊敬しない訳には行かなかった。学校で習うことは、誰でも習いさえすれば覚えることであり、一渡りは言葉で云い現わすことの出来るような理窟の筋道の通ったことばかりであったが、亀さんの鳥や魚の世界に関する知識は全く直観的なものであって、とうてい教わることの出来ない種類のものであった。亀さんは眼をつむっていてもその心の眼には森の奥における鳥の行動や水底の魚の往来が手に取るように見えすくかと思われるのであった。そういう種類の、学校では教わることの出来ない知識が存在するということ、そういう知識が貴重なものだということを、この亀さんに教わったのである。」と書いている。

私は、このように書かれる〝重兵衛さんの一家〟の人たち、そして、このようなことを書く寅彦がたまらなく好きになるのである。

いま、「寅彦の英語」の話から、かなり横道に逸れたような話を長々と引用したのは、漱石が寅彦を可愛がったのは、寅彦の「英語力」のみの故ならず、将来、このような随筆を書くことになる寅彦の人間性をも見出したが故であろうと確信するからである。

とにかく、寅彦は秀才であった。しかし、それが、並の秀才ではなかったからこそ、あの「寺田寅彦」であるわけであるが、その「寺田寅彦」の形成に多大な影響を与えたのが、幼少時代に接した〝重兵衛さんの一家〟だったのである。

本書でも、すでに何度か登場した江口換は、たまたま寅彦の五高の後輩にあたるのだが、「漱石が熊本の第五高等学校の英語の先生をしていたとき、寺田寅彦は理科（その頃の第二部）の生徒だった。そのとき、寺田寅彦はずぬけた頭のよさによって、しばしば漱石をおどろかしたというはなしである。後年、私が五高に入ったころでも、ずぬけた秀才として寺田寅彦のうわさは、一つの伝説になってのこっていた。」(1)と書いている。

実は、この〝秀才〟寅彦を、後に「漱石と寅彦」といわれるような濃密な師弟関係を結ぶほどに、漱石に近付ける直接的なきっかけを作ったのは、寅彦の〝才〟そのものではなかったのである。それは、中学時代からの〝悪友〟であったのが、また「人生の妙味」である。この

〝悪友〟が関係する、ある〝事件〟がなかったならば、寅彦は、漱石から見て、単なる秀才の生徒、また、漱石も寅彦から見て単なる英語の先生で終っていたかも知れない。

寅彦自身、愛弟子の中谷宇吉郎に「僕が初めて先生と知合になつたのは、高等学校の時に、同郷の豪傑の友人の点数を貰ひに行つたのが初まりさ」(20)と語っている。

昔の旧制高校では、試験にしくじった学生のために、「運動委員」が、いわゆる「点を貰いに」それぞれの担当の先生の私宅を訪問するという〝うるわしい〟慣例的行事があった。

私は新制大学の世代の人間であるが、蛮カラな寮生活だったせいか、私が学生の頃にも、そのような〝うるわしい〟伝統が遺っており、「運動委員」というような〝格式〟が高いものではなかったが、私も〝寮友〟のために、一升瓶を下げて担当の先生の家へ行ったことが何度かある。このような時、酒を嗜《たしな》む先生は楽であったが、酒を一滴も飲まない、というような先生は厄介だったことを、いまでもはっきりと憶えている。

現在、このような〝うるわしい〟伝統はすっかり廃れてしまったらしい（少なくとも、そのような「点数貰い」を目的に自分自身のためではなく友人のために、現在の大学教員である私を訪れる学生は皆無である）。誠に残念なことである。

寅彦も、このような「点貰い運動委員」の一人にされた。寅彦の級友からの信任がそれだけ厚かったということだろう。

その時の〝次第〟を、寅彦自身が「夏目漱石先生の追憶」⒆の冒頭に次のように書いている。寅彦が漱石の「追憶」の「冒頭」に書くくらいであり、また、事実、漱石と寅彦が「知り合う」重要な場面である。

> 熊本第五高等学校在学中第二学年の学年試験の終った頃の事である。同県学生のうちで試験を「しくじったらしい」二、三人のためにそれぞれの受持の先生方の私宅を歴訪していわゆる「点を貰う」ための運動委員が選ばれた時に、自分も幸か不幸かその一員にされてしまった。その時に夏目先生の英語をしくじったというのが自分の親類つづきの男で、それが家が貧しくて人から学資の支給を受けていたので、もしや落第するとそれきりその支給を断たれる恐れがあったのである。
>
> 初めて尋ねた先生の家は白川の河畔で、藤崎神社の近くの閑静な町であった。「点を貰いに」来る生徒には断然玄関払いを食わせる先生もあったが、夏目先生は平気で快く会ってくれた。そうして委細の泣言の陳述を黙って聴いてくれたが、もちろん点をくれるともくれないとも云われるはずはなかった。
>
> （傍点志村）

寅彦は「運動委員」の一員にされてしまったことを「幸か不幸か」と書いているが、もちろ

ん、寅彦自身にとっても、そして、われわれ「漱石・寅彦ファン」にとっても、この上なく大きな「幸」であった。

この時、漱石は「平気で快く会ってくれた」のであるが、それは、その時、訪問した生徒が、それまでの一年間見て来た「頭のよさにしばしばおどろかされた」寅彦だったからであろう。漱石とて、相手次第では「断然玄関払いを食わせる先生」になったはずだ。

このような大きな「幸」の〝生みの親〟となった「自分の親類つづきの男」という〝すばらしい男〟は誰だったのであろうか。誠に興味深いところである。

実は「自分の親類つづきの男」というのは寅彦のカムフラージュで、〝悪友〟竹崎音吉（生年不明―一九三五）であろうと〝考証〟されている（46）。

その〝考証〟の決め手になったのは、高知県庁発行の「県民クラブ」（昭和二十八年十一月号）に掲載された竹崎音吉の未亡人・竹崎一枝の「談話」である。

竹崎一枝の実家は高知の寺田家の隣で、一枝と寅彦の最初の妻・夏子とは県立女学校の同級生だった。後年、結果的に「大きな栄誉」を与えられることになる「男」が竹崎音吉であることを決定づけた一枝の「談話」には次のように書かれている（参考文献（46）からの引用）。

私が竹崎に嫁してから、主人と寺田さんは中学・高校・大学と同じ学校に通い、科は別で

したが、長い間の親友であることを知り、御縁に驚きましたが、以来ずっと家庭的なおつき合いをさせて頂きました。主人は剣道や柔道をやったりして、ほたえてばかりいたものですから、英語の成績が悪くて進級が危なくなり、担当の漱石先生のところへ優等生の寺田さんに頼んで命乞いに行ってもらったのも度々だったと聞いております。でも考えて見れば悪童の主人が、漱石・寅彦のお二人を結びつけるいわば文化的役割を果したことになるかも知れないわけです。

（傍点志村）

まさに、〝悪童〟竹崎音吉は、漱石と寅彦の二人を結び付けるという〝日本文化史上〟重要な役割を果したのであった。元々、この竹崎は前述の間崎純知と仲がよく、間崎と寅彦とを結び付けたのも竹崎であった。〝悪童〟竹崎はかなりの〝好漢〟でもあったようだ。間崎の「談話」(35)に次のように記されている。

僕はこの時代（五高時代の初期――志村註）も寺田とそんなに懇意ではなかつたのですが、僕と兄弟のやうにしてゐた竹崎は、これが又ボートは選手、撃剣はやる、居合は上手、酒は一升位は平気といふ剛の者でしたが、一方に文学趣味をもつてゐて、秋の夕暮など寂しがる処が良く寺田と似て居りました。穏健派で余り乱暴な事は好まぬのでよくうまが合ふ。だか

ら竹崎は寄宿舎から寺田の下宿へ度々遊びに行くのです。そして寺田の話を始終僕に向つて言つて聞かせました。

間崎の竹崎に関する「談話」はさらに続くのであるが、これを読むと、竹崎は愛すべき人間であったことがよくわかる。誠に人間らしい人間だった。このような竹崎であったから、寅彦も竹崎のために親身になって「運動委員」を務めたのであろう。

ところで、前掲の「夏目漱石先生の追憶」には「委細の泣言の陳述を黙って聴いてくれたが、もちろん点をくれるともくれないとも云われるはずはなかった」と書かれているが、間崎が「談話」の中で「東京へ寺田、竹崎、わたしなどが出て来たから、三人がいよ〳〵親しくなって、三人組となりました」と書いていることや「竹崎音吉は五高卒業後東京帝国大学法学部政治学科に進学し、明治三十七年卒業して大蔵省専売局に入り、各地方専売局長を歴任して東京地方専売局長となった」(46)ことを考えると、漱石は「点をくれた」のだろう。

ともあれ、寅彦は竹崎音吉のために「運動委員」の役目を果した(同時に、竹崎も、寅彦と漱石とを〝引き合わせる〟役目を果した)のであるが、「漱石と寅彦」のことを考えると、その後の「出来事」が決定的に重要であった。

以下、前掲の「夏目漱石先生の追憶」の続きを引用する。

とにかくこの重大な委員の使命を果たしたあとでの雑談の末に、自分は「俳句とは一体どんなものですか」という世にも愚劣なる質問を持出した。それは、かねてから先生が俳人として有名なことを承知していたのと、その頃自分で俳句に対する興味がだいぶ醗酵しかけていたからである。

（傍点志村）

正岡子規（一八六七―一九〇二）が明治三十（一八九七）年に「明治二十九年の俳句界」[47]と題する長編俳句論を書き、その中で、三十八人の明治の新しい俳人を世間に紹介しているが、河東碧梧桐（一八七三―一九三七）、高浜虚子（一八七四―一九五九）、石井露月（一八七三―一九二八）、佐藤紅緑（一八七四―一九四九）、村上霽月（一八六九―一九四六）に次いで六番目に挙げられたのが漱石だった。子規曰く「漱石は明治二十八年始めて俳句を作る。始めて作る時より既に意匠に於て句法に於て特色を見《あら》はせり。其意匠極めて斬新なる者、奇想天外より来りし者多し。」「漱石亦滑稽思想を有す」「又漱石の句法に特色あり、或は漢語を用ゐ、或は俗語を用ゐ、或は奇なる言ひまはしを為す」「然れども漱石亦一方に偏する者に非ず。滑稽を以て唯一の趣向と為し、奇警人を驚かすを以て高しとするが如き者と日を同うして語るべきにあらず。其向雄健なるものは何処迄も雄健に真面目なるものは何処迄も真面目なり。」

このように、漱石の俳句は高く評価されていたのである。「漱石は明治二十八年始めて俳句を作る」とあるが、それは漱石の「松山時代」であり、子規が漱石の下宿に寄寓したのが機縁になっている(48)。

このように、寅彦が漱石と「知合」になった明治三十一（一八九八）年当時、漱石は「今をときめく俳人」(48)だったのであるが、寅彦が「かねてから先生が俳人として有名なことを承知していた」ということは、その時すでに、寅彦は俳句にかなり精通していたものと思われる。寅彦自身が述べているように、俳句に対する興味が、〝醗酵〟しかけていたのである。

そのような、まさしく〝旬〟に「今をときめく俳人」の漱石と「知合」になれたのだから、それは寅彦にとっては、たまらない喜びであったろう。

寅彦は、前掲の「夏目漱石先生の追憶」の中で「俳句」について次のように続けて書いている。

> その時に先生の答えたことの要領が今でもはっきりと印象に残っている。「俳句はレトリックの煎じ詰めたものである。」「扇のかなめのような集注点を指摘し描写して、それから放散する連想の世界を暗示するものである。」（中略）こんな話を聞かされて、急に自分も俳句をやってみたくなった。そうして、その夏休に国へ帰ってから手当り次第の材料をつかまえて

二、三十句ばかりを作った。夏休が終って九月に熊本へ着くなり何より先にそれを持って先生を訪問して見てもらった。その次に行った時に返してもらった句稿には、短評や類句を書入れたり、添削したりして、その中の二、三の句の頭に○や○○が附いていた。それからが病み附きでずいぶん熱心に句作をし、一週に二、三度も先生の家へ通ったものである。その頃はもう白川畔の家は引払って内坪井《うちつぼい》に移っていた。立田山麓《ママ》の自分の下宿からはずいぶん遠かったのを、まるで恋人にでも会いに行くような心持で通ったものである。

ここに書かれている「夏休み」の直後、寅彦が漱石に〝見てもらった〟と思われる句が「夏目漱石に送りたる句稿　その一、その二」として『寺田寅彦全集　第十一巻』(49)に漱石の「評」と共に収録されている。そこにあるのは「二、三十句ばかり」ではなく、全部で八十八句である。また「○や○○が附いていた」のは「二、三の句」ではなく、○、○○共に二十三句である。

つまり、俳句においては「初心者」であったろう寅彦が作った句の半分以上が「今をときめく俳人」漱石に「○」以上の評価を得たのである。寅彦の「俳句の才」も並はずれたものであった証拠であろう。

この時の句稿の末尾に「九月十八日夜　漱石妄批」と記されている。

ともあれ、前述のように、寅彦が漱石に「合う」前に「かねてから先生が俳人として有名なことを承知していた」ということ、また、「その頃自分で俳句に対する興味がだいぶ醗酵しかけていた」と書いていること、さらに、この「夏休み」直後の寅彦の句に対する漱石の評価の高さを合せ考えてみると、〝悪友〟竹崎のための「運動委員」として漱石を訪問したのは「主目的（?）」の「点を貰う」ためのほかに、漱石と直接、俳句の話をしたかったということもあったに違いない、と私は思う。

ところで、後年（一九三三年）寅彦は「科学と文学」[50]の中で「その頃（五高に入った頃——志村註）から漱石先生に俳句を作ることを教わったが、それとても大して深入りをした訳ではなかった」と書いているのだが、『全集』に収録されている俳句だけでも千三百九十七句もある。これは〝俳人〟漱石の『全集』に収録されている二千五百二十七句[51]と比べても、その半数以上であり「大して深入りをした訳ではなかった」というのは一種の謙遜であろうか。

こうして、寅彦は〝悪友〟竹崎音吉のお蔭で漱石と「知合」になり、〝俳句〟のお蔭で「恋人」のようになった漱石に頻繁に会いに行くようになったのである。

いま述べたのは、「寅彦から漱石への接近」の事情である。いくら寅彦が「恋人」のような気持で漱石に接近しようが、漱石にその気がなければ、寅彦の「片思い」で終ってしまい、終生の「濃密な師弟関係」はあり得なかった。

漱石にしてみれば、英語を教えた生徒の一人にすぎなかった寅彦が何故に、終生の「愛弟子」になり得たのだろうか。

その発端は、五高での「運命的な出合い」であり、その〝発端〟が終生にまで引き継がれるのは、寅彦の特別の才能、人格の故であったことはいうまでもない。

ただ、それだけでは、「漱石から寅彦への接近」を説明するには不十分なのかも知れない。その頃の漱石の〝熊本に対する感情〟や、漱石が寅彦と「知合」になった当時の漱石の〝家庭環境〟なども影響していたのかも知れない。つまり「当時漱石の妻鏡子は自殺未遂を起していたが、寅彦は正坐する漱石の孤独を感じとり、漱石もまた寅彦によって孤独な思いを紛らわしていたと思われる」(46)のである。

いずれにせよ、寅彦にとっても、漱石にとっても「漱石と寅彦との出合い」は「天」の采配による「運命的な出合い」であった。

ともあれ、「寅彦から漱石への接近」の直接的な機縁を作ったのは竹崎音吉だった、といってよいだろう。大袈裟にいえば、寅彦は竹崎音吉によって自分の生涯が決せられたのである。

実は、この竹崎が死去するのは昭和十（一九三五）年十一月二十五日なのであるが、それは寅彦が五十七年の人生を閉じる、およそ一ヶ月前のことであった。これもまた奇縁である。

ところで、寅彦は若い頃から「日記」を几帳面につけており、全三十巻の『寺田寅彦全集』

の中で「日記」は中学に入った明治二十五（一八九二）年に始まる『第十八巻』から没する昭和十（一九三五）年に終る『第二十二巻』までの五巻を占めている。

ところが不思議なことに、漱石と「邂逅」し、自分の生涯を決することになった「第二学年の学年試験の終った頃」の日記が『全集』の中に見あたらないのである。

運命的な「その日」は、「学年試験が終った頃」とすれば明治三十一（一八九八）年の六月末から七月初めの間の日のはずである。『全集（第十八巻）』(38)の中の「明治三十一年」の「日記」は一月一日から六月二十九日まではかなり克明に記述されているのであるが、六月三十日から七月五日までは空白なのである。そして、七月六日の「日記」に書かれているのは「首尾よく帰省」だけであり、次は七月二十四日の「〈欄外〉家人を迎ふ（卅年）」で、やはり、七月七日から七月二十三日まで空白である。そして、寅彦の公刊「日記」に「漱石」の名前が初めて登場するのは同年十月二日で「漱石師の許にて運座《うんざ》の催あり」とだけ書かれている。

つまり、すぐに「恋人」のようになってしまう師・漱石との「劇的な出合」について、寅彦は公刊「日記」に何も書き遺していないのである。

寅彦は本当に何も書き遺さなかったのだろうか。あるいは、公刊「日記」から、その部分を外したのだろうか。いずれにせよ、それは何故だろうか。

そのへんの「事情」の考察については「寅彦研究家」に任せるとして、私は、単純に、句作

に熱中して「日記」どころではなくなってしまったのではないだろうか、と考えておくことにする。

田丸卓郎との出合い

寅彦は、五高において、もう一人の〝生涯の師〟となる物理学者の田丸卓郎（一八七二―一九三二）とも〝運命的な出合い〟をすることになる。田丸は、漱石と共に、寅彦の生涯に決定的な影響を与えた人物であるが、一般には、漱石の影響力ほどにはよく知られていない。しかし、後の寅彦の主たる「本職」を物理学者とするならば、後述するように、元々、工科志望の寅彦を物理学志望に変えさせた点において、田丸の影響力は漱石のそれよりも大きかったといわねばならない。第四章で述べるように、寅彦の物理学、すなわち「寺田物理学」の〝醸成〟に果した漱石の影響は極めて大きいのであるが、「寺田物理学」の〝芯〟たる物理学は田丸との五高における〝運命的な出合い〟なくしてはあり得なかったのである。

まさに、漱石と田丸は、寅彦の生涯を決定した〝二人の師〟であった。そのような〝二人の師〟に運命的に出合ったのが寅彦の熊本高等学校時代である。

田丸卓郎は明治五（一八七二）年生まれだから、漱石より五歳下、寅彦より六歳上である。

田丸は東京帝大理科大学物理学科を明治二十八（一八九五）年に卒業し、五高の教授になったのは翌明治二十九（一八九六）年の八月である。つまり、寅彦が入学する一ヶ月前のことだった。寅彦が五高に入学してすぐに習った数学の「三角法《トリゴノメトリー》（術）」の先生が、若き日の田丸卓郎だった。寅彦は、その時のことを「田丸先生の追憶」（52）の中で次のように書き遺している。

一番最初に試験をしたときの問題が、別に六《むつ》かしいはずはなかったのであるが、中学の三角の問題のような、公式へはめればすぐ出来る種類のものでなくて、「吟味」と云ったような少しねつい種類の問題であったので、みんなすっかり面喰らって、綺麗に失敗してしまって、ほとんど誰も満足に出来たものはなかった。

この部分を読んだだけで、つまり、田丸先生がどのような試験問題を出したのかを垣間見ただけで、田丸先生はいい先生だった、立派な先生だったんだなあ、と私は思う。田丸は、公式を暗記していればよいような問題を出さずに、よく考えなければできない問題を出したのである。「暗記問題」と比べると、このような問題は作るのも、採点するのも大変なのであるが、暗記でなく考えることの重要性を主張するならば「吟味」が必要な「少しねつい種類の問題」を出す必要があるのだ。そのへんのことは、普段、学生に物理学を教えている私にもよくわかる。

このように、寅彦が田丸に初めて習ったのは数学であったが、二年の時に物理、三年の時に力学を習った。これらの講義を通じて、寅彦は田丸の「人物」に感銘し、「物理学」に魅力を感じ、興味を深めて行くのである。田丸は「真面目で、正直で、親切で、それで頭が非常によくて講義が明快」(52)な理想的な教師だった。〝頭のよい〟寅彦が感銘しないはずはない。
寅彦は、田丸に教わった数学について、次のように書いている(52)。

先生に三角を教わり力学を教わったために、初めて数学というものが面白いものだということが少しばかり分って来た。中学で教わった数学は、三角でも代数でも、一体どこが面白いのかちっとも分らなかったが、田丸先生に教わってみると中学で習ったものとはまるでちがったもののように思われて来た。先生に云わせると、数学ほど簡単明瞭なものはなくて、誰でも正直に正当にやりさえすれば、必ず出来るにきまっているものだというのである。

寅彦は後に東京帝大理科大学の物理学に進学した際、奇しくも、その時、東大助教授に任ぜられていた田丸に直接「物理学」の指導を受け、世界的な物理学者として大成して行くのであるが、田丸の物理の講義について、次のように〝記憶〟している(52)。

高等学校における田丸先生の物理も実に理想的の名講義であったと思う。後に理科大学物理学科の課目として教わったものが「物理学」だとすると、その基礎になるべき「物理そのもの」とでも云ったようなものを、高等学校在学中に田丸先生からみっしり教わったというような気がする。この時に教わったものが、今日に至るまで実に頭に沁み込み実によく役に立ち、そうしていつでも自分の中で活きてはたらいているのを感ずる。高等学校の物理は実に大事だと思う。

このような寅彦の追憶を読むと、田丸先生は本当に理想的な教師だったのだと思う。また、寅彦のような優秀な教え子に、このように追憶される田丸自身も教師冥利に尽きるだろう。

この日本で「若者の理工系離れ」が喧伝されるようになってすでに久しく、理工系大学に来る学生ですら、高校での「理科」履修者が年々減少している。また、物理や数学は難しいと思っている(本当は「面白くない」と思っているのではないかと私は思うが)高校生が少なくないのは事実のようである。

しかし、私自身が学校で教わったり、教えたりした実体験からいえば、こうした事態は「学校で教わる物理や数学」が、具体的には「教科書」や「教え方」のせいで面白くなく、その結果、「難しい」と思わせてしまったのであり、数学や物理そのものが面白くなかったり、難

しかったりするわけではないのである（53・54）。要は、教えてくれる「先生」次第なのであるが、数学や物理に限らず、学校の教科を面白くなくさせている元凶は現在の「入試」であろう。「入試」対策に要求される最も重要なことは教科書に書かれた事項や公式を理屈抜きに暗記し、「問題」の「答」（それは必ず存在する！）を機械的に、そして効率よく見つける訓練をすることである。

このような「訓練」が、若い生徒にとって面白いわけがない。そして、このような「訓練」は物理を含む自然科学（理科）や数学を学ぶ（そして、究極的には理解して、楽しむ）上で、最も不要なことであるばかりでなく、最も避けなければならないことなのである。自然科学を学ぶ第一歩は「自然に接すること」だが、その時、最も重要なことは、理屈抜きに自然の不思議さや驚異に感動することであり、事項や公式の暗記などとはまったく無縁のことなのである。また、数学を学ぶことの真髄は凛とした論理性を知ることだろうと思う。この場合も、「暗記」などとは無縁である。

まず第一に、自然科学や数学を教える立場にある者が、これらのことを理解する必要があるだろう。そして、初等、中等の教育において何よりも大切なことは、教育者自身が自然科学や数学が好きで、自然の不思議さや驚異、数学の論理性に感動した経験を持ち、その感動を生徒に伝えたいと熱望する人であることである。感動しない〝先生〟が〝生徒〟を感動させられる

はずがない。

田丸先生はあらゆる面で理想的な、すばらしい教師だったのだと思う。

寅彦は、五高で、田丸卓郎というすばらしい先生に物理を教わったことが直接の機縁となって「ある都合上高等学校では工科にはいり、三年のとき改めて物理に転じ、もって今日に至ったのである」(44)という結果になった。

寅彦は「ある都合」のために、五高の工科に入ったのであるが、実は「自分は中学五年時代には将来物理をやりたいと思ってひとりできめていた」(52)のである。

寅彦が中学五年の時に「将来物理をやりたい」と決めた理由を知る手がかりが、明治二十九(一八九六)年四月五日の日記(38)に書かれている。

午后別役ニ行キ三時頃帰宅セシニ東洋学芸雑誌百七拾四号及中外英字新聞研究録来リ居リ即チ先ヅ学芸雑誌ヲ見ルニ巻首第一ニ人目ヲ驚カスニ足ルハ今回独逸《ドイツ》ナル Röntgen 氏ノ発明ニカヽルX放射線ヲ応用シテ氏ガ自ラノ手ノ骨肉ヲ分明ニ撮写セルモノノ縮写写真板ナリ此ノ発明ニカヽル詳細ノ事ハ全誌ヲ読ンデ知ルベシ

ここに書かれているように、レントゲンによるX線の発見(発明)に関する記事が中学五年

生の寅彦を驚かせたのである。

私は、次に述べるいくつかの点から、ここで驚いている寅彦に対して驚きを禁じ得ないのである。

まず『東洋学芸雑誌』といえば当時、学士院の機関雑誌のようなもので(55)、中学生（現在の高校生）の寅彦が取り寄せて読んでいた、という早熟さの点である。

そして、何よりも、レントゲンによるX線の発見が為されたのは明治二十八（一八九五）年であるから、専門の学界に発表されたばかりの大発見に、十七歳の寅彦が注目した点である。

実は、私事ながら、私自身の研究においても「X線」にはかなり世話になっており、また「序章」で述べたように、私は傍系ながら物理学者・寺田寅彦の玄孫弟子筋にあたるのであるが、その分野はこの「X線」に深く関係するものなのである。これも、私自身にとっては奇縁である。

以下、若き寅彦を驚かせた「X線」について若干触れてみたい。

十九世紀末のX線の発見がその後の科学・技術、医学・医療の発展に果した役割は測り知れず、今日X線は、広範な科学、医学・医療、そして工業の分野で最も有用な〝道具〟の一つになっている。一般の人にとって最も馴染み深いのはさまざまな分野の医療検査に用いられる「X線（レントゲン）写真」であろう。

ノーベル賞が制定されたのは二十世紀の初年、つまり一九〇一年であるが、このX線の発見者・レントゲン（一八四五―一九二三）が、その物理学賞の最初の受賞者に選ばれている。現時点で考えれば、それはあまりにも当然であるが、発見後五年ほどの段階で、X線発見の画期的重要性を認めたノーベル賞選考委員の見識にも、私は心からの敬意を表したいと思う。

十七歳の寅彦が、このような「X線」に注目し驚いたのは、発見からわずか一年後のことなのである。そして、もちろん、レントゲンがノーベル賞を受賞する以前のことである。

私は、長年、自然科学に従事して来た者の端くれとして、寅彦の早熟と見識、センスに対して心底から畏敬の念を抱かざるを得ない。

後年、寅彦は「序章」でも触れたように、このX線を使った結晶物理学の分野で、まさにノーベル賞に匹敵するほどの仕事をするのであるが、その後はあっさりと、この分野から足を洗ってしまうのである。そこに私は〝漱石の影響〟を見るのであるが、その点については「第四章　寅彦の物理の中の漱石」で述べたい。

さて、このように、物理学について十分に早熟で「中学五年時代には将来物理をやりたいと思ってひとりできめていた」寅彦を工科に進学させた「ある都合」とは何だったのか。

それは、父・利正に対して従順であった寅彦は「しかし父が色々の理由から工科をやることを主張したので、その頃前途有望とされていた造船学をやることになり、自分もそのつもり

になって高等学校へはいった」(52)のである。当時の日本の国情を考えれば、造船学が前途有望とされていたことは納得できるし、一人息子の寅彦の将来を心配する父・利正が、食えるかどうかわからない理科（物理）よりも前途有望な工科（造船学）を勧めたのもよく理解できる。いまも昔も、自分の子供に「前途有望」な道を勧めるのは普遍的な〝親心〟というものなのであろう。私自身、高校時代の一時期、芸大の美術志望だったのであるが、「前途」を心配した親から無望な芸大よりも、有望な工科を勧められ、自分もそのつもりになって工科へ進んだ思い出がある（しかし、仕事が「一区切」ついてからは、私はかなり理科、芸科、文科の方に入り込んでいる）。

ところが、中学時代に、発見されて間もないX線に驚き、「将来は物理をやりたい」と決めていたほどの寅彦である。また、そのような寅彦が、理想的教師と思われる田丸先生に物理を教わってしまったのである。「自分もそのつもりになって高等学校へはいった」の後に述べているように、次のような結果(52)になったのも自然の成行きだったであろう。

『ネーヴァル・アンニュアル』などを取寄せて色々な軍艦の型を覚えたり、水雷艇や魚形水雷の構造を研究したりしていたのであるが、一方ではどうにも製図というものにさっぱり興味がないのと、また一方では田丸先生の物理の講義を聴き、実験を見せられたりしていると、

どうしても性に合わぬ造船などよりも、物理の外に自分のやる学問はないという気がして来た。それでとうとう田丸先生に相談を持掛けたところが、先生も、それなら物理をやった方がよかろうと賛成の意を表して下さった。

さて、これから寅彦は進路変更について、父・利正を説得すべく努力しなければならなかった。その過程の一部を明治三十一（一八九八）年の「日記」(38)から窺い知ることができる。

四月二十一日
宅へ手紙出す。金子二三円送り越され度き旨、及び志望学科を物理に変更し度き由云ひやりぬ
五月一日
宅より手紙来る　父上よりは志望学科の件に就き返事あり。矢張工科の方賛成と見ゆ
父上へ返事出す　矢張り理科を修め度旨諷《ふう》しやりたり。
五月二日
夕方田丸理学士を訪ふ　神谷理学士も来訪中にて種々面白き談話など聞く　又理科を修むる様勧められ益ゝ決心の臍《ほぞ》を堅む　此上は只父上の許可を得る迄なり

六月一日
父上より手紙来る　志望学科は望みの儘なると何分理科にては安心出来難き由なり　早速返事認めて更に理科の利益を云ひやらんとせしも又考へなほして帰省の時に譲る事とせり。
七月六日
首尾よく帰省

この後、父・利正の説得がどのようになったのかについて「日記」には記載されていないのであるが、「田丸先生の追憶」(52)によれば、うまく行ったようである。

夏休みに帰省した時にとうとう父を説き伏せ、そうして三年生になると同時に理科に鞍がえをしたのである。それがために後日出来損ないの汽船をこしらえて恥をかくであろうことの厄運を免かれた代りに、将来下手《へた》な物理を捏《こ》ね廻しては物笑いの種を播《ま》くべき運命がその時に確定してしまった訳である。しかし先生にその責任をもって行く訳では毛頭ない。それどころか、造船をやらずに物理をやったことを後悔したことは三十余年の間に一度もなかったのである。

この「田丸先生の追憶」が書かれたのは、田丸卓郎が享年六十一歳でこの世を去った昭和七（一九三二）年九月二十二日直後のことである。この時の寅彦は、理学博士、東京帝大教授、帝国学士院会員で、学士院恩賜賞も受けている超一流の物理学者なので「将来下手な物理を捏ね廻しては物笑いの種を播くべき運命」はもちろん謙遜である。寅彦に工科（造船学）を熱心に勧め、結果的には理科（物理学）への転科を説得させられた父・利正が急性腸膜炎により享年七十七歳でこの世を去るのは大正二（一九一三）年八月十七日である。利正は、寅彦が理学博士、東京帝大助教授になり、二年間のドイツ留学を終えて帰国し、立派な物理学者になったのを見届けている。そのような寅彦を見た利正は、明治三十一（一八九八）年の夏休みに理科（物理学）への転科を許した自分に満足していたであろう。

ところで、前述のように、田丸卓郎は、五高で寅彦に物理を教えた後、ドイツに留学し、京都帝大に移るが、寅彦が明治三十二（一八九九）年に東京帝大物理学科に進学した際、直接指導を受けるのが、また、この田丸卓郎だった。そして、昭和七（一九三二）年の田丸の死去まで三十六年間に渡って、師弟の絆は強く結ばれたのである。

寅彦が高等学校時代に田丸卓郎という先生に恵まれなかったならば「物理学者・寺田寅彦」も「寺田物理学」もあり得なかっただろう。しかし、田丸と寅彦との関係は、単なる「物理の先生」と「生徒」との関係ではなかった。漱石と寅彦との関係が単なる「英語の先生」と「生

徒」との関係ではなかったように。

漱石と寅彦が「知合」になる機縁となったのが「点数を貰いに行った」ことだったことはすでに述べた通りであるが、寅彦が田丸に「親しく接した」(36)のも全く同じような事情からであったことになっている。（ここで私が「ことになっている」などとイヤらしい書き方をする理由については後述する。）

例えば、角川源義は「（寅彦が）田丸教授に親しく接したのは五高二年の学年試験のあとで、しくじつた同郷同窓のため、先生の私宅へ押しかけ『点を貰ふ』運動委員に選ばれて、その下宿を訪ねた。」(36)と書いているし、矢島祐利も「寅彦が初めて田丸を其の下宿に訪ねたのは二年の学年試験が終つたあとであつた。」(55)と書いている。また、数々の「寅彦本」を出版した「寅彦研究家」の太田文平も「寅彦が初めて田丸卓郎を下宿先に訪ねたのは、二年の学年試験の終った直後であった。試験の結果の思わしくない級友のために、点を少しずつ先生達から貰うという役目を負わされる委員に寅彦も選ばれたからである。」(46)と書いている。

しかし、これらは、いささか事実とは異なるようである。

まず、「二年の学年試験の終った直後」とはいつ頃のことなのだろうか。

これは、寅彦の明治三十一（一八九八）年の「日記」(38)によってはっきりと知ることができる。

六月二十四日の日記に「此日より試験始まる」、六月二十九日の日記に「解析幾何試験。帰宅后机など片付け昼飯后浴場竹崎に行き……」と書かれているので「二年の学年試験」が行われたのは明治三十一年六月二十四日から六月二十九日までと考えられる。また、七月六日の日記には「首尾よく帰省」と書かれているから「二年の学年試験の終った直後」は六月三十日から七月五日の間の日とも考えるのが妥当であろう。

しかし、この間の「日記」に寅彦が田丸を下宿先に訪ねたことは全く書かれていないのである。まあ、このことは、先に私が述べた「事実とは異なる」ことの証拠にはならない。寅彦が日記に書かなかったこともあり得るからである。

しかし、この明治三十一年の五月二日、五月九日、五月十三日、五月二十一日、六月八日の「日記」に寅彦が田丸を訪ねたことが記されているのである。田丸の「下宿」を訪ねたとは書かれていないのであるが、記されている訪問時間がいずれも「夕方〜夜」であることを思えば、田丸を下宿に訪ねたと考えて間違いないだろう。

つまり「寅彦が初めて田丸卓郎を下宿先に訪ねたのは、二年の学年試験の終った直後」というのは正しくないだろう。また、寅彦が「田丸教授に親しく接したのは五高二年の学年試験のあと」というのも、後で明らかにするように正しくない。

結論を先にいえば、寅彦は、二年の学年試験が始まる前に、すでに、田丸とかなり親しく

なっていたのである。

矢島や角川や太田という名立たる「寅彦研究家」たちが、なぜこのような同じ誤まりを犯したかは明らかである。

寅彦自身が「田丸先生の追憶」(52)の中で次のように書いているからである。

> 第二学年の学年試験の終ったあとで、その時代にはほとんど常習となっていたように、試験をしくじった同郷同窓のために、先生方の私宅へ押しかけて「点を貰う」ための運動委員が選ばれた時、自分もその一員にされてしまった。そうしてそのためにもう一人の委員と連立って始めて田丸先生の下宿を尋ねた。当時先生の宿は西子飼橋という橋の近くで、前記の化学のK先生と同宿しておられた。厳格な先生のところへ、そういう不届千万な要求を持込むのだから心細い。叱られる覚悟をきめて勇気をふるって出かけて行ったが、先生は存外にこうしたわれわれの勝手な申分をともかくも聞き取られた。しかしもちろんそんなことを問題にはされるはずがなかった。
>
> （傍点志村）

寅彦自身、この「田丸先生の追憶」の最後の部分に「記憶違いのために事実相違の点もいろいろあるかもしれない。それについては読者の寛容を願いたいと思う。」と書いているのであ

るが、「日記」に記載されていることを事実とすれば、その時「始めて田丸先生の下宿を尋ねた」というのは明らかに「記憶違い」であろう。

まあ、この「田丸先生の追憶」が書かれたのは、昭和七（一九三二）年であり、およそ三十五年前のことを追憶しているわけであるから、〝抜群の記憶力〟を持っていたといわれる寅彦であっても「記憶違い」は仕方あるまい。それを責めるのは酷であろう。読者は「寛容」したい。

また「試験をしくじった同郷同窓のために」田丸宅を「点を貰う」ために訪れた、というのも「記憶違い」と思われる。寅彦は友人・野並のために、学年試験が始まる前の六月十九日、六月二十二日に田丸宅を訪れているが、それは「点を貰う」ためではなく（試験が始まる前のことである！）、病気で入院中の野並のために「試験延期の事を願」う（六月十九日）のと「成績を変更しくれ間敷やとの旨相談」（六月二十二日）のためだったのである(38)。

また、「もう一人の委員と連立って……K先生と同宿しておられた。」は六月二十一日の「日記」に書かれている「午后は野並君追試業の事に就き近重に行き又木部君と狩野先生を訪ふ」の「記憶違い」と思われる。

ところで、第三章でも触れるが、寅彦にはバイオリンが「付き物」なのであるが、このバイオリンとの縁が開かれるのも、巻間、「二年の学年試験の終った直後、点を貰いに田丸を下宿

に尋ねた時」ということになっている。

それも、寅彦自身が「田丸先生の追憶」で、前掲の部分に続いて、次のように書いているからである。

その要件の話がすんだあとで、いろいろ雑談をしているうちに、どういうきっかけであったか、先生が次の間からヴァイオリンを持出して来られた。先ずその物理的機構について説明された後に、デモンストレーションのために「君が代」を一遍弾いて聞かされた。田舎者の自分は、その時生れて始めてヴァイオリンという楽器を実見し、始めて、その特殊な音色を聞いたのであった。これは物理教室所蔵の教授用標本としての楽器であったのである。それから自分は、全く子供のように急にこの珍しい楽器のおもちゃが欲しくなったものである。そうして月々十一円ずつ郷里から貰っている学費のうちからひどい工面《くめん》をして定価九円のヴァイオリンを買うに到るまでのいきさつがあったのであるが、これは先生に関係のない余談であるからここには略する。とにかく自分がこの楽器をいじるようになったそもその動機は田丸先生に「点を貰い」に行った日に発生したのである。

（傍点志村）

これも、後述するように、寅彦の記憶違いなのである。

二人の生涯の師

漱石との「運命的出合い」についてはすでに述べた通りであるが、この田丸卓郎との出合いも、漱石とのそれとあまりにも似すぎてはいないだろうか。

ここで、「夏目漱石先生の追憶」(19)と「田丸先生の追憶」(52)に書かれている両師との出合いとそれからの発展の経緯を試みに図示してみよう(図1)。

一見して、その共通点、類似点に驚かされるのである。こうしてみると、「二年の学年試験の直後」すなわち明治三十一(一八九八)年六月末から七月初めにかけては、いささか大袈裟にいえば、日本文化史上、まさに〝エポック・メーキングの日〟であった。そして、それを創出したのは、寅彦に「点貫い」のために漱石、田丸両師を訪問させた「試験をしくじった友人」ということになる。

この図を見れば(つまり「夏目漱石先生の追憶」と「田丸先生の追憶」を読めば)、「寺田寅彦研究家」の太田が「田丸卓郎と寅彦とを結びつけるきっかけになった『点を貰う』という五高の慣例的行事が、夏目漱石と寅彦をも『師弟の関係』を濃やかにする契機となったことは、全く偶然とはいいながら或る運命的なものを覚えさせるのである。」(46)と書くのも無理はない。

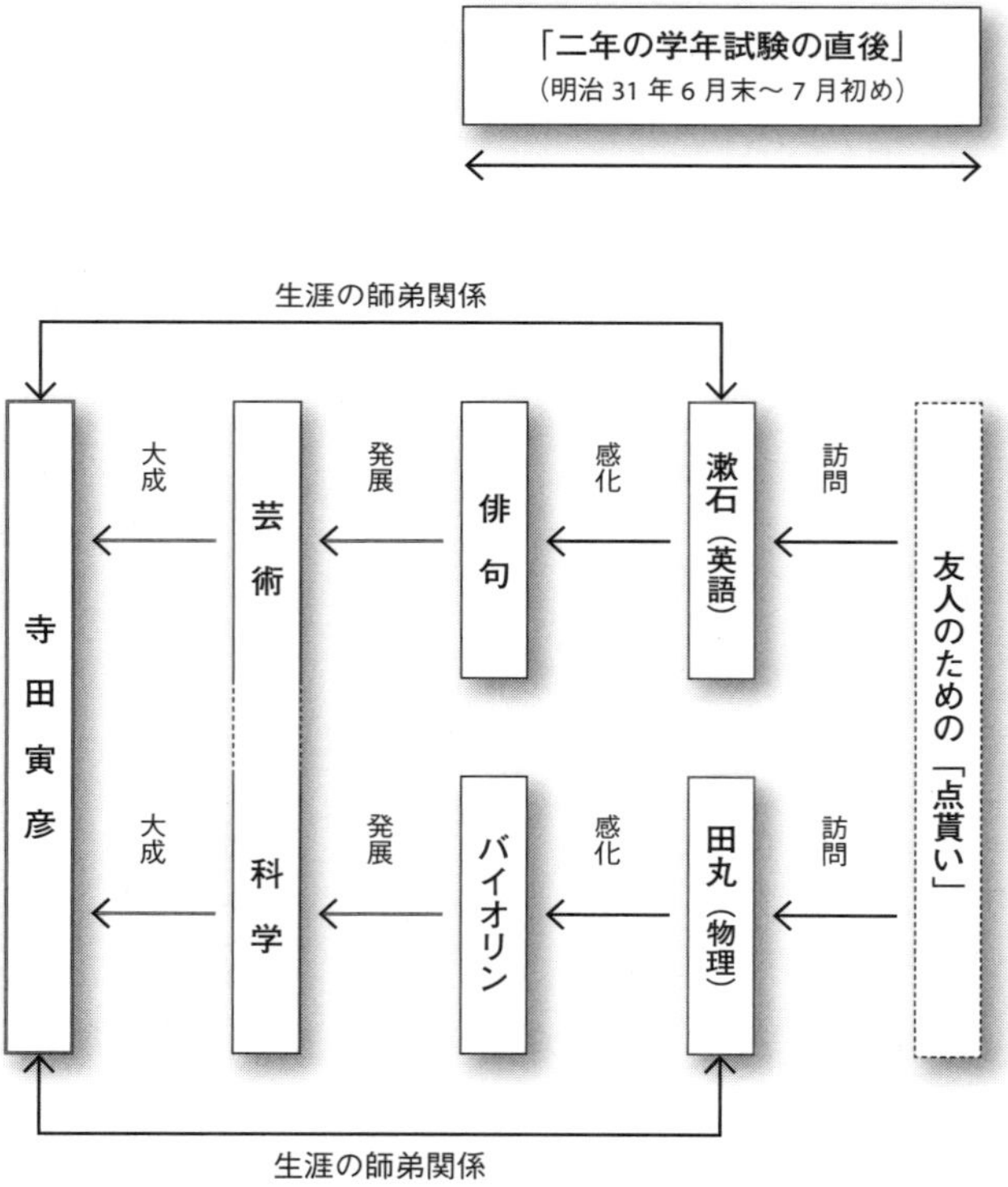

図 1　寅彦と漱石・田丸との出合いの経緯

しかし、「田丸先生訪問」の事情について、それが寅彦の「記憶違い」であることはすでに指摘した通りである。

さらに、寅彦とバイオリンとの出合いについても、「田丸先生の追憶」に書かれていることは寅彦の記憶違いのようである。

というのは、この〝エポック・メーキングの日〟の二ヶ月ほど前の五月九日の「日記」(38)に「此夜田丸先生を訪ふ、バイオリンの弾奏を聞く」と書かれているからである。寅彦が「生れて始めてヴァイオリンという楽器を実見し、始めて、その特殊な音色を聞いた」のは〝エポック・メーキングの日〟ではなかったのである。

さらに、その二日後の五月十一日の「日記」には「バイオリンが安き物なれば求めんと尋たれば七円参拾銭のと八円三十銭のとありとの事なり。菓子の間食を節して貯金し購はんとの計画を立つ。一挙両得なればなり。」と書いている。そして、さらに二日後の五月十三日の「日記」には「夜は田丸先生を訪ふ　長崎支店や南湖堂などに行きて Calculus を売却し其代にてバイオリンを買はんとせしも成らず」と書いている。寅彦のバイオリンに対する興味の高まりと、それを手に入れようとする執着を目のあたりに見るようで面白い。

結局、寅彦はその一週間後に念願のバイオリンを手にすることになる。五月十九日の「日記」に「此日財嚢《ざいのう》を敲《たた》ひて金八円八拾銭を出しバイオリン一個を購ふ」とある。めでたしめで

たし。

この翌日から、寅彦は連日、雨の日でも冷たい日でも竜田山に登ってバイオリンと戯《たわむ》れるのであるが、嬉しそうな寅彦の様子が「日記」からありありと伝わって来る。「帰校后竜田山に登りバイオリンを弄す（五月二十日雨）」「帰宿后又竜田頂にてViolineを弄す（五月二十一日晴）」「昼食后バイオリンを携へて山に登りて数学演習　夕飯后又登山　下司君と山頂に横臥してバイオリンを弾ず　爽快限りなし（五月二十二日晴冷）」「われは例の如く山頂へバイオリンを弄しに行く（五月二十三日曇冷）」「十時頃（夜――志村註）立田《ママ》山に登りViolineを弄す（五月三十日曇）」「夕飯后竜田山に登りバイオリンを弄す（六月六日晴）」（傍点志村）云々。

結局、「田丸先生の追憶」の中の、寅彦のいくつかの「記憶違い」の故に八九ページに示したような構図が描かれ、その結果の「伝説」が今日まで伝わっていることになるのであるが、〝記憶力抜群〟のはずの寅彦が、自分の人生における〝重大事〟の一つと思われる事象について、本当に、これだけの「記憶違い」をしたのであろうか。前述のように、それが、およそ三十五年も昔のことの追憶であるにせよ、私にはいささか不思議に思える。さらには、八九ページに示した構図が、あまりにも〝出来すぎ〟のようにも思えるのである。

私のこれらの疑問は、「田丸先生の追憶」と「夏目漱石先生の追憶」が書かれた時期、すなわち、寅彦が田丸先生と漱石先生を追憶した時期を知ることで氷解した。

「田丸先生の追憶」は田丸の死去の直後『東京帝国大学理学部会誌』に、また「夏目漱石先生の追憶」は改造社発行の『俳句講座』に発表されたものなのであるが、それらが発行されたのはいずれも同じ昭和七（一九三二）年十二月なのである。これは、田丸の死後三ヶ月、漱石の死後十六年にあたる。

どちらの「追憶」が先に書かれたのかは明らかではないのであるが、両先生の死からの時間経過を考えれば、私は「漱石の追憶」が先に書かれたのではないかと思う。「田丸の追憶」は、いわば死去直後の「追悼記事」であり、用意周到に、また推敲を重ねて書かれたものではないに違いない。寅彦自身、「田丸先生の追憶」を「亡くなって間もない人の追憶を書くのは色々の意味で困難なものである。（中略）亡くなられて間もない今日、こんなものを書く気になり兼ねるのではあるが、理学部会編輯委員のたっての勧誘によって、ほんの少しばかり自分の高等学校時代の想い出を主にして書いてみることにした。」という書き出しで始めている。また、先に紹介したように、この「追憶」の末尾には「記憶違いのために事実相違の点もいろいろあるかもしれない。」と書かれている。

寅彦は「夏目漱石先生の追憶」の末尾にも以下のように書いているのであるが、この「追憶」の中には、さしたる「記憶違い」は見出せない。

記憶の悪い自分のこの追憶の記録には、おそらく時代の錯誤や、事実の間違いが色々あるであろうと思う。ただ自分の主観の世界における先生の俤《おもかげ》を、自分としては出来るだけ忠実に書いてみたつもりであるが、学者として、作家として、また人間としての先生の面影を紹介するものとしては、あまりにも零細な枝葉の断片に過ぎないものである。これについてはひたすらに読者並びに同門下諸賢の寛容を祈る次第である。

とはいえ、寅彦は、この「夏目漱石先生の追憶」を周到な準備の上で書いたものと思われる。ところが、前述のように「田丸先生の追憶」は田丸の死の直後に「追悼」として書かれたものであり、そのような状況を考えれば、当然のことながら、周到に準備することはできなかったに違いない。

そこで、寅彦は、偶然にも直前に書き上げていたと思われる「夏目漱石先生の追憶」を下敷にしたのではないか。その結果、一部事実に反して、「二年の学年試験の直後」が〝エポック・メーキングの日〟とされ、八九ページの図に示すような「構図」が作り上げられたのであろう、と私は推測するのである。

しかし、以上に述べた考察、推測、そして結論を承知した上で、巷間〝伝説化〟している「構図」通りの、寅彦の二人の「生涯の師」との運命的な出合いを是認したいと思う。

第二章

漱石と寅彦の交流

相思相愛

いままでに長々と述べたように「二年の学年試験の直後」に運命的な「知合」になった漱石と寅彦は単なる「師」と「弟子」の関係ではなかった。その時から生涯に渡る、まさしく〝相思相愛〟の関係、交流が始まったのである。

漱石山脈の一人であり、寅彦とは葬儀の時に「弔辞」を述べたほどの関係にあった安倍能成は「兎に角先生が寺田さんを敬愛して居られたと共に、寺田さんの方では又夏目先生が好きでたまらなかつたらしい。五高時代に先生の宅に下宿を申し込んだり、千駄木時代に『忙しいから帰れ』といはれても何とかかとかいつては居すわつたり、面会日以外に押しかけて行つたりする事は、寺田さんの性格を以てしては、実に例外的な対人関係であつたであらう。」(6)と書いている。

また、小宮豊隆も「これは、この物置より外に君を置いてやる所はないと言つて漱石から断られて断念しなければならなかつたが、しかし寅彦のうちは裕福なうちだから学資に困るといふ理由からではないことは勿論、身を落して人に物を頼むことの嫌ひな、また内気で何等かの意味で人に迷惑のかかるやうなことを極度に慎んでゐた寅彦にとつて、よほどの思ひで言ひ出

したことだつたに違ひない。」(42)と書いている。

そして、寅彦自身、その時のことを「しかし、あの時、いいから這入りますと云ったら、畳も敷いて綺麗にしてくれたであったろうが、当時の自分にはその勇気がなかったのであった。」(19)と述懐している。

確かに、もしその時、寅彦が「どうしても」といったら、漱石はブツブツいいながらも、畳を敷いて寅彦を受け入れてくれたような気がする。実に微笑ましい情景が目に浮かぶようである。寅彦が漱石という人間をいかに純粋に敬愛していたかを知るには、小宮豊隆の「僕から言ふと先生が小説なぞを書き出して有名になるよりも、なんにも書かずにゐてくれた方が、どんなに先生らしくてよかつたか知れないと、いつか寅彦が私に述懐したことがあつた。それほど寅彦は漱石を愛してゐたのである。愛する結果漱石を天下のいろんな人たちと分けて所有するに堪へないで、自分一人で独占したかつたのである。真に人を愛した経験のある人なら、寅彦のこの心持は十分了解することができると思ふ。」(42)を読むだけで十分であろう。

漱石にとっても、このような寅彦は、「教師」と「生徒」の関係になった当初から「気に入った生徒」であり、大いに評価していたことは二四ページに記した畏友・正岡子規への紹介状にも如実に表われているが、この後、生涯に渡って、二人の、まさに相思相愛というべき濃密な関係が続き、お互い「師弟」の関係を超え、感化し合うようになるのは、二人の間に運命

的な何かがあったからに違いない。

その〝何か〟を知る手がかりの一つを、私は「寺田さんはやはり夏目先生に似て居た。あれだけ個性的な人であつたが、人の持つて居る純なるもの、真なるもの、美なるもの、独創なるもの、特異なるもの等に対して、恐ろしく公正にして敏感な感受力を持つて居た点に於て、寺田さんは夏目先生と共通であつた。」（6）という安倍能成の言葉に見出すのである。「人の持つている純なるもの、真なるもの、美なるもの、独創なるもの、特異なるもの等に対して、恐ろしく公正にして敏感な感受力」を共通に持つ者同士であれば、老若男女、相手が誰であろうが相思相愛になるであろう、と私は思う。

漱石は「円満なる君子ではなかつたが、特に勝れて純真味の多い人であつた。従つて他人の純真に傾倒し得る人であつた」（6）のである。

さらに、漱石と寅彦の〝共通項〟を太田文平は次のように述べている（56）。

> そこで漱石と寅彦の師弟の関係を深くした外の理由として、両者が「人生の寂しさ」を共に味わうという運命共同体《ゲマインシャフト》的性格をもったということが考えられる。
>
> 漱石はイギリス留学中からノイローゼ気味な症状になやみ、明治三十六年六月から、約二か月ほど妻子と別居するくらいに昂じていたのであったが、他方寅彦もその前年の明治

三十五年十一月には最愛の妻夏子を失い、明治三十八年八月に再婚するまで孤独におかれていたのである。

寅彦はその頃のことを題材にして「まじょりか皿」という作品を書いているが、当時安倍能成が漱石に会った時、この作品について「この間寺田がやって来て、あの主人公と同じさむい生活です」といっていたことを、漱石が話したことがあるという事実が伝えられている。

このように、漱石と寅彦とは寂しいが故に人懐しく、人懐しいが故に、自分に近づくものをしみじみとした暖かいもので包んだのであろう。けれども、もしそれが表面的な、作為的なものであったならば、永続性も親密性も決して保ち得なかったであろう。

漱石も寅彦も共に本質的に暖かい人間性の持主であったのである。

そのため、小宮がいうように「寅彦が最も多く漱石によつて慰められ、漱石がまた寅彦によつて最も多く慰められた」(42)のであった。漱石が「弟子」である寅彦に最も多く慰められたのは「漱石は寅彦の中に己れの最良の理解者を見出し得ていた筈であ」り、「然もそれは漱石の中に溺れ込むことのない真の理解者であった」(57)からであろう。

そして、太田は漱石と寅彦の「心の交り」について、次のように総括している(58)。

漱石と寅彦とは熊本の五高時代に介在した心理的距離を、お互いの努力によって短縮し、世にも美しい心の交りが行われたのであるが、私達が今後歩むべき指針として最も注目すべきことは、両者は一貫して相互に敬愛の念を忘れず、心の底から理解し、また理解しようと努力したことであろう。このような両者の交りは、外の誰からも強制されたものではなかった点において、まれに見る長時間継続した点において、相互の人生にとって極めて有意義であった点において、その交遊の面が多彩であった点において、社会的慣習儀礼も決しておざりにしていなかった点において、相互に多くの性格的に共通点を持った点において、冷い運命の下にあった人生を救った点において、私達に深い感銘を与えるのである。

日記と書簡にみる交流

漱石と寅彦が書き遺した「日記」と「書簡」とによって、いま、われわれは臨場感をもって漱石と寅彦との「交流」を見ることができる。それらは、まさに「生の言葉」で語られているからである。

特に、いま貴重な資料になっているのは寅彦の「日記」である。

寅彦が書き遺した「日記」の量は膨大で『寺田寅彦全集』（岩波書店）全三十巻のうち五巻

を占めている。

いま、『寺田寅彦全集』で読むことができる寅彦の「日記」は、十五歳だった明治二十五（一八九二）年に始まり、五十八歳で亡くなった昭和十（一九三五）年に終っている。

その初めの日記には日付は記されておらず「春秋之夢」と題され「余ガ『ヲギヤー』ノ一声ト共ニ娑婆《しゃば》ニ生レタルハ明治拾一年十一月廿八日ノコトナリケリ」で書き始められている。まさに、「日記帳」の「序文」のようである。この文面から察すれば、寅彦にとって、これが本当に「日記」の書き始めと思われる。「日付」が記されるのは同年五月十五日からである(38)。

以後、昭和十年十二月三十一日に亡くなるほぼ五ヶ月前の七月五日まで、かなり几帳面に「日記」が書き遺されているのであるが、この間、明治二十七、二十八、三十、四十年、大正二年および昭和四年の分が全く欠けている。その「理由」については、いろいろ考えられるが、それを述べるのは本書の任ではない。私の興味は、これらの「日記」に垣間見られる寅彦と漱石との「師弟関係」である。

すでに述べたように、漱石の名が寅彦の「日記」に登場するのは〝エポック・メーキング〟の日からほぼ三ヶ月後の明治三十一（一八九八）年十月二日の「漱石師の許にて運坐《うんざ》の催あり」という一行である。続く東京帝大理科大学物理学科に入学した明治三十二、三十三年の「日記」はほんの数えるほどしか遺されていないのであるが、明治三十三（一九〇〇）年八月

二十六日の日記に「漱石師来り共に子規庵を訪ふ」とある。

漱石は、英国留学のため、この明治三十三年の九月八日に横浜港を出帆するのであるが、寅彦をつれて畏友・正岡子規を訪ねたのは「別離」の挨拶を述べるのが主目的ではあったろうが、明治三十二（一八九九）年五月十九日の子規宛書簡（二四ページ参照）で紹介した「弟子」寅彦に対する子規の俳句ひいては文学上の指導を感謝し「自分の不在中もよろしく」という心づもりがあったのだろうと思われる。

寅彦が漱石から子規に紹介されたのは、この明治三十二年五月十九日の書簡が初めてだったと思われるが、寅彦は、理科大学入学のための上京の直後の明治三十二年九月五日に「根岸庵」を訪れ、子規と初めての対面をしている。その時の様子は創作的雰囲気が漂うエッセイ「根岸庵を訪う記」(59)に余すところなく綴られており、これはまた晩年の子規（この時からおよそ三年後に死去）の様子を記す貴重な資料にもなっているのである。

私はいま、漱石の子規との「別離」の挨拶と書いたのであるが、事実、漱石が、この世で子規と対面するのは、この時が最後となった。思えば、寅彦は、日本文学史の中の二人の〝巨人〟、漱石と子規の最後の対面に居合わせたことになる。

寅彦の〝生涯の師〟が漱石と田丸卓郎であることはすでに何度も述べた通りであるが、漱石を通じて知り合った子規が「文学者・寺田寅彦」に与えた影響も測り知れないであろう。また、

文豪・夏目漱石自体、子規なくして生まれ得なかったのである。そのことを思えば、この漱石と子規の歴史的な「生別」の場に寅彦が居合せたことを、もちろん、偶然と片づけるわけにはいかない。そこにも、私は確固たる運命を感じるのである。病魔におかされた子規が「根岸庵」で壮絶、そして感動的な死(60〜62)を遂げるのは明治三十五(一九〇二)年九月十九日の朝であるが、その時、漱石は留学先のロンドンにおり、神経衰弱が強度となり、他の留学生から発狂の噂が日本に伝えられた頃であり、まだ子規の死を知らない。

子規の死去に関わる寅彦の「日記」を見てみよう(38)。

九月十九日　金　晴後雷雨

〔別蘭〕午前一時吾正岡子規子逝ク　悲哉。昨日ハ其誕辰なりし

九月二十日　土　快晴

朝新聞にて子規師の訃に接す。昨日所〻へ端書認むる序《ついで》に師へも絵葉書にても送らんかと思ひつゝ止みしが、其時は既に此世の人ならざりしなり。早くより上京しながら生前今一度の面会を得ざりしこそ口惜しけれ。

九月二十一日　日　晴

朝新聞を見たれば今朝九時子規子の葬式ある由故不取敢《とりあえず》行く。御院殿の踏切を越ゆる時、

行列に出会い其儘従い行く　夏目先生代理として湯浅君も会葬せり。田端大竜寺にて焼香。立上る香の煙、読経の声そゞろに心を動かして柩《ひつぎ》の前に君が面影を思ひ浮べぬ。

当時ロンドンにいた漱石が子規の死を知るのは二ヶ月後の十一月末の高浜虚子からの手紙によってである。

漱石は、十二月一日付の虚子宛の返信に次のように書いている（7）。

啓。子規病状は毎度御恵送のほとゝぎすにて承知致候処、終焉の模様逐一御報被下《おしらせくだされ》奉謝候。小生出発の当時より生きて面会致す事は到底叶ひ申間敷《もうすまじく》と存候。是は双方とも同じ様な心持にて別れ候事故今更驚きは不致、只々気の毒と申すより外なく候。但しかゝる病苦になやみ候よりも早く往生致す方或は本人の幸福かと存候。

（中略）

倫敦にて子規の訃を聞きて

筒袖や秋の柩にしたがはず
手向くべき線香もなくて暮の秋
霧黄なる市に動くや影法師

きりぐ〱すの昔を忍び帰るべし

招かざる薄に帰り来る人ぞ

皆蕪雑句をなさず。叱正。（十二月一日、倫敦、漱石拝）

（傍点志村）

ここに書かれている「小生出発の当時より……。是は双方とも……別れ候事」を読むと、寅彦が運命的に居合わせた明治三十三（一九〇〇）年八月二十六日の漱石と子規との「生別」の劇的さが改めて蘇って来る。

高浜虚子の「柿二つ」(63)は、晩年の子規の生活を写生したものであるが、そこに描かれている次の一節にも万感胸に迫るものがある。この中のNが子規、Sが漱石である。

今年も亦野分《のわき》の吹く頃になつて上野の山の被害は少なくなかつたとかいふ事であつたが、彼の庭の鶏頭《けいとう》にはたいした傷みもなかつた。Nはガラス障子越に其鶏頭を見乍ら、高等学校時代からの彼の親友であつたSが二年間英国留学を命ぜられて此間自分を訪問してくれたことなどを思ひ出してゐた。

彼の友人で此頃洋行するものがだん〱殖えて来た。彼は其等の人を送る度にいつももう今度は逢へまいと思つて別離を叙するのであるが、中には留学期間が短くして、意外にも亦

逢へるのがあつた。けれども今度のSにはもう迚《とて》も逢ふ事が出来さうには思へなかつた。

（傍点志村）

そして、子規の予感は、事実、漱石の英国留学中に、自分自身の死によって的中してしまったのである。

ところで、ここに書かれている〝N〟は子規の幼名の〝升《のぼる》〟（本名は常規《つねのり》）のイニシャルである。

余談ながら、松山中学時代、子規は、明治初期にアメリカから日本へ入って来た野球に夢中になっていた。周知のように、この〝野球〟はbaseballの訳語であるが、実はこの訳語を作ったのが子規だといわれている。それによってのことか、子規は野球の普及に果した功績が認められ、没後百年の平成十四（二〇〇二）年に「野球殿堂入り」している。

実は、私も小さい頃から野球が大好きなのであるが、長年、この〝野球〟という訳語が不思議で仕方なかった。なぜ“baseball”を〝塁球〟と訳さなかったのだろうか。“base”と〝野〟とは全く結び付かないのである。

ところが、〝野球〟という訳語を作ったのが子規であり、子規の本名が〝のぼる〟だとすれば、〝野球〟を〝の・ぼーる〟と読むことで(64)合点がいく。“base”と〝野〟とは結び付かないが、〝草野球〟を思い起せば、〝ベースボール〟というゲームと〝野〟とは結び付かなくもな

いのである。〝野球〟は子規のシャレた訳語だったのだと思う。

閑話休題。

いま、漱石が英国に出発する二日前の明治三十三（一九〇〇）年九月六日、寅彦に書き送ったはがき(7)

小生出発は汽船出発の時刻変更の為め午前五時四十五分ノ汽車と相成べくと存候是も正確ならず御見送御無用に候

秋風の一人をふくや海の上

を改めて読んでみると、ここに認められた句に、漱石の寂寥感が如実に現われていたのだ、といまさらながらに思うのである。漱石は高等学校以来の親友、心友であった子規との生別に、愛弟子・寅彦との別れ（たとえ、それがしばしの別れと知りつつも）が重なり、悲愴な気持になっていたのであろう。

ところで、漱石は寅彦に「御見送御無用に候」と書き送ったのであるが、寅彦の九月八日の日記には「漱石師の洋行を横浜埠頭に送る。船名プロイセンブレメン也　マルセイユを奏しつゝ、出発す」とある。寅彦は漱石を見送ったのである。

この日は、漱石にとって「英国留学出発」という特別の日であったにもかかわらず、漱石のこの日の日記には「横浜発遠洲（州）洋ニテ船少シク揺ク晩餐ヲ喫スル能ハズ」(84)とのみしか記されていない。

ちなみに、寅彦の「日記」に比べ、漱石の「日記」はあまり遺されておらず、『漱石全集』に載せられている最初の日記が、実は、この「九月八日の日記」なのである。

このような次第で、漱石が英国留学に出発する時の様子を寅彦と漱石の日記から窺い知ることはできないのであるが、幸い、寅彦が「夏目漱石先生の追憶」(19)の中に書き遺してくれている。

先生が洋行するので横浜へ見送りに行った。船はロイド社のプロイセン号であった。船の出るとき同行の芳賀《はが》さんと藤代《ふじしろ》さんは帽子を振って見送りの人々に景気の好い挨拶を送っているのに、先生だけは一人少しはなれた舷側《げんそく》にもたれて身動きもしないでじっと波止場《はとば》を見下ろしていた。船が動き出すと同時に、奥さんが顔にハンケチを当てたのを見た。「秋風の一人を吹くや海の上」という句を端書に書いて神戸からよこされた。

〝景気の好い挨拶〟を送る同行の芳賀矢一（国文学者、一八六七―一九二七）、藤代素人（独文

学者、一八六八―一九二七）とはいささか異なる、後の英国での神経衰弱を予感させるような漱石の姿を思い浮かべることができる。

ところで、この「夏目漱石先生の追憶」の中の「秋風の一人を吹くや海の上」の句が書かれている端書については、寅彦の記憶違いと思われる。前述のように、この端書が投函されたのは出発前の「九月六日」だからである。

また、余談ながら、寅彦の九月八日の日記に見られる「マルセイユを奏しつゝ……」の「マルセイユ」はフランス国歌の「ラ・マルセイエーズ」のことではないかと思うのだが、漱石が乗った「プロイセン号」は、その名の如く、ドイツの汽船なので、出帆の際になぜ「マルセイユ」が奏じられたのか、私にはわからない。「マルセイユ」は寅彦の勘違いか、それとも、フランス国歌「ラ・マルセイエーズ」とは異なる「マルセイユ」だったのか。わからない。

閑話休題。

漱石は、その、およそ二年半後の明治三十六（一九〇三）年一月二十四日に帰朝するのであるが、その日の前後の寅彦の日記の関連箇所を拾い上げてみよう(38)。

一月八日　木　晴

夏目先生帰朝の期を御留守許へ問合はせの端書したゝむ

一月二十三日　金　晴
夏目先生明朝九時半新橋着の旨報知あり。化学の松原氏も明朝留学に出発せらるゝとの事なれば送迎の為旁井上に行き一泊す。
一月二十四日　土　晴
松原先生行き、夏目先生帰朝。
一月二十五日　日　晴
矢来町なる夏目先生を訪ふ。ロンドンの話など聞く。美術画の写真など見る。九時帰る

というように、帰朝の翌日から、まさに堰を切ったような寅彦の漱石訪問が始まる。この後、寅彦が頻繁に漱石を訪問していることを、寅彦の「日記」を通して知るのであるが、当時、漱石を訪問する弟子は寅彦ぐらいなものだった(20)。「漱石山房」を多くの「弟子」が訪問するようになるのは、それから二年後、漱石が『吾輩は猫である』で一躍、流行作家、有名人になってからのことである。

何せ、熊本の五高時代から「まるで恋人にでも会いに行くような心持で」(19)漱石を訪れていた寅彦である。その恋人のような漱石と二年半近くも会えなかったのであるから、まさに堰を切ったように漱石訪問が始まるのも無理はない。特に、この頃の寅彦は、次のように(19)、

人生の悲哀、寂しさを痛切に感じていたであろうことも加わり、漱石の帰朝を鶴首して待っていたに違いない。

先生の留学中に自分は病気になって一年休学し、郷里の海岸で遊んでいたので、退屈まかせに長たらしい手紙をかいてはロンドンの先生に送った。そうして先生からの便りの来るのを楽しみにしていた。病気がよくなって再び上京し、間もなく妻を亡くして本郷五丁目に下宿していたときに先生が帰朝された。新橋駅（今の汐留《しおどめ》）へ迎いに行ったら、汽車から下りた先生がお嬢さんのあごに手をやって仰向かせて、じっと見詰めていたが、やがて手をはなして不思議な微笑をされたことを想い出す。

そしてさらに、寅彦は漱石との面会について、胸のうちを次のように語っている(19)。

色々な不幸のために心が重くなったときに、先生と会って語をしていると心の重荷がいつの間にか軽くなっていた。不平や煩悶のために心の暗くなった時に先生と相対していると、そういう心の黒雲が綺麗に吹き払われ、新しい気分で自分の仕事に全力を注ぐことが出来た。先生というものの存在そのものが心の糧《かて》となり医薬となるのであった。

ここで、寅彦が述べる「自分の仕事」は、本職の物理学の仕事である。寅彦は理科大学で、田丸卓郎をはじめとする何人かの先生に物理学を学んでいるが、その先生の一人は、大御所、長岡半太郎（一八六五―一九五〇）である。

ちなみに、この「長岡半太郎」は、ノーベル物理学賞を受賞しなかったのが不思議なくらい極めて先駆的な「土星型原子モデル」で知られる、当時の世界的な物理学者で、大阪大学初代総長、学士院院長などを歴任した「日本の物理学の父」というべき人物である。この長岡の影響下に、ノーベル物理学賞を受賞した湯川秀樹（一九〇七―八一）、朝永振一郎（一九〇六―七九）ら世界的な物理学者が多数輩出している。

この長岡半太郎と寅彦と漱石について、寅彦の高弟の一人であり、寅彦のことをこの上なく尊敬もしていた分光学者の高嶺俊夫（一八八五―一九五九）が「寺田寅彦氏の断想」(65)の中に大変興味深いことを書いている。

　話は明治の終り近くから大正の初めに亘る頃（寅彦が講師になる前後の頃――志村註）の事である。

山人（寅彦――志村註）は滅多に自宅訪問はされなかった様であるが、長岡先生は其頃東

大で物理教室の主任をされて居た関係もあり、大学では屡《しばしば》対談して居られた。日記を見ると山人が長岡先生に逢われたあとは（必ずと云う訳でもないが）晩方になって屡漱石を訪ねて居られる。

之は考えて見ると中々面白い心理作用であると思う。

長岡先生が山人に随筆や俳句などを余り書かない様にと戒飭《かいちょく》されたと云う話は、私が大学院在学中（明治四二年（一九〇九年）―大正四年（一九一五年））の頃時々耳に入ったが、又聞きであるので真偽は余り確かでは無かった。

其頃の長岡先生は（後に大分変られたが）気むづかしい点が多く、雷親爺と云う綽名もあって、若い人は怕がって居たものである。

（中略）

山人が長岡先生に逢われた時には、確かに「気を旺んにして」と云った趣で、大分硬くなって接せられた事は想像も出来るし、又山人自身も私に語られた事である。

処が漱石に逢われる時の山人の心境は、之とは全く違って、伸び伸びと文芸談やら四方山話をやられたらしい事は「猫」の中の寒月（第三章参照――志村註）の描写を見てもよく分る。

結局山人は昼間長岡先生に逢って硬苦しくなった気持を、晩に漱石に逢って癒やすと云う方便、云わば凝った肩を揉みほごす様な手段を発見されたらしいと想見される。一方では長

岡先生が山人には特に一目置いて他の若い人に対するのとは全く別な態度であったのも事実で其の為山人は尚硬くなられたのであろう。

（中略）

何にしても、山人が長岡先生との接触のあとで、慈父に接する様な気持で、漱石と放談款《かん》語《ご》されて一日の慰藉《いしゃ》を得られたらしいという筆者の憶測は、強《あなが》ち思い過しであるまいと云う気もするのである。

（ルビ志村）

私自身、長年、物理学の分野で仕事をして来た端くれで、長岡半太郎の、そして寺田寅彦の物理学者としての偉大さがよくわかるので、この高嶺の話は誠に興味深いし、前掲の「不平や煩悶のために……新しい気分で自分の仕事に全力を注ぐことが出来た」という述懐が、改めて胸にじーんと迫って来るのである。そして、寅彦にとって「心の糧となり医薬となる」漱石は、何とすばらしい「先生」であったかと思うのである。「師」たる者、「弟子」に対して、このような存在でありたい。このような先生を持てた寅彦は誠に幸せである。寅彦が足繁く漱石を訪れるのも無理はない。

漱石自身も寅彦の訪問が嬉しく、心待ちにしていたようである。

寅彦の明治三十九（一九〇六）年一月二十六日の日記に「夜夏目先生を訪ふ。久し振りなり。

家を持つとそうも変るものかと言はれる。」(66)とある。

寅彦は、最初の妻・夏子と明治三十五(一九〇二)年十一月に死別した後、明治三十八(一九〇五)年八月、二番目の妻・寛子《ゆたこ》と再婚し、借家を探したり、寛子を高知から迎えたりで忙しく、心ならずも、漱石訪問が間遠になっていたようで、このことが漱石を寂しくさせ「家を持つとそうも変るものか」というイヤミを言われたのであろう。しかし、寅彦の「日記」によれば、少なくとも、二十日前の一月七日には漱石を訪れているのである。〝間遠〟というには、あまりにも短い間隔である。漱石がいかに寅彦の訪問を心待ちにしていたかがわかる。

また、誠に興味深いことには、この正月の三日に、漱石が寅彦宅を訪問しているのである。寅彦の日記に「朝夏目先生来る　雑煮を出す　一片食て一片あます。」とある。

師が弟子の家を、しかも正月三箇日に「年賀」に訪問するというのは異例であろう。普通は、弟子が年賀に師を訪問するものである。特に、この「師」は他人の家を訪問することを好まなかったといわれる漱石である。〝師弟〟である漱石と寅彦の相思相愛振りが窺える。

英国留学で漱石が不在であった間、このような漱石と寅彦とを固く結んでいたのは書簡であった。

相思相愛の上、〝筆まめ〟であった漱石と寅彦はかなり頻繁に文通し合ったと思われる。しかも、中谷宇吉郎の「冬彦夜話」(20)に紹介されている寅彦の

高等学校時代に（漱石先生から――志村註）貰つた手紙は、僕はこんな事には案外恬淡だつたもので、家の手紙と一緒にして置いたものだ。所が父が急に死んで、手紙を皆燃して了つた事があつて、其の時一緒にみんな燃して了つた。今でも惜しい事をしたと思つて居る。

という言葉からも頻繁な文通は五高時代からだったことが窺える。

しかし、寅彦が「一緒にみんな燃やして了った」せいで、いま、『漱石全集』で読むことができる漱石から寅彦への書簡は、漱石の英国出発を伝える明治三十三（一九〇〇）年九月六日付のはがきから漱石が死去する大正五（一九一六）年の三月八日付「拝啓先日は久し振りで御尋ね致したる処御病気の為め不得御面談語遺憾此事に存候……」という手紙までの五十三通である。また、『漱石全集』に掲載されている漱石がさまざまな人に書き送った手紙の中で、何らかの形で寅彦に触れた手紙は五十八通ある。

また、筆まめな寅彦から漱石へも相当数の書簡が出されたはずであるが、いま『寺田寅彦全集』で読むことができる寅彦から漱石への書簡は、漱石の帰朝から一年余が経った明治三十七（一九〇四）年五月三十日のはがきをはじめとして総計二十通しかない。しかも、このうちの十七通は寅彦が留学先のドイツから書き送ったものである。なお、この十七通のうちの七通は

「先生への通信」として『寺田寅彦全集　第四巻』(67)に収められている。前掲のように、寅彦は、英国留学中の漱石に「退屈まかせに長たらしい手紙を書いてはロンドンの先生に送った」のであるが、残念なことに、それらは一切遺されていない。

しかし、幸いなことに、その、寅彦の「長たらしい手紙」の一つに対する漱石の寅彦宛、明治三十四（一九〇一）年九月十二日付の「長たらしい返信」(7)を読むことができ、その文面から、寅彦がロンドンにいる漱石に何を書き送ったのかが垣間見られるのである。例えば、漱石は「御家内御病気のよし是はナンボ君でも御閉口の事と御察し申上候随分御療養専一咯血抔は一寸流行《はや》るものだが頗る難有からぬ奴に候子規抔もあぶなき事と心配の至に候」「何か其他面白い事を書いて上げ〔た〕いが一寸今考へ出せない君は写真を送れとか云ふ注文であつたが忘れた訳ではないが大なる写真はちと高いから余り買へない帰るときに御見やげに少し買つて上げあ〔衍〕けましやう」「君下宿で淋しければ時々僕の留守宅へでも遊びに行つて見給へ——それも話しがなくてつまらないか——夫ならよし給へ」「貞ちやんへよろしく」というような慰めの言葉、優しい言葉を寅彦に送っている。また、十一月二十日付の手紙には「今十一月二十日君の手紙を拝見、何か肺尖カタルとかで御上京にならぬ由コイツは少々厄介の事と遠方から御心配申上る（白丸傍点原文）」「君の妻君は御病気はどうです君の子供は大丈夫ですか　学校抔はどうでもよいから精々療治をして御両親に安心をさせるのが専一と思ひます」と書いている。

寅彦は、このような言葉が書かれた「先生からの便りが来るのを楽しみにしていた」のである。

高浜虚子によれば、漱石は「決して人の手紙に返事を怠るような人ではなかった。殊に人に物を頼まれたりした場合は必ずその面倒を見ることを怠らなかった」(62)ので、寅彦が期待を裏切られることもなかったであろう。

ところで、漱石の手紙の中の「貞ちゃん」は、この時、生後四ヶ月ほどの、寅彦の長女、貞子のことである。

漱石は、この頃、妻の鏡(子)に書き送った手紙(7)の中でも「寺田寅彦から手紙をよこした妻君が病気で咯血をした相だそれから子供が生れたさうだ気の毒と御目出度のが鉢合せをして居る」(九月二十二日付)、「寺田寅彦から手紙が来た寺田の妻は吐血した夫《それ》に病気後子を生んださうだ妻は国へ帰し自身は下宿をする　可愛相だから時々僕の留守宅へでも遊びに行けと申してやつた行くかも知れない」(九月二十六日付)というような寅彦への気遣いが見られる。

こうして漱石と寅彦は「文通」を通して、生涯に渡る「師弟関係」を一層深めて行ったのである。

寅彦がドイツに留学した明治四十二(一九〇九)年から二年間は、漱石と寅彦の立場が逆転して寅彦が日本にいる漱石へヨーロッパからの便りを送ることになる。

漱石と寅彦との「文通」による交流はまだまだ興味が尽きないのであるが、それを書き尽く

そうとすれば、それだけでも一冊の本になってしまうだろう。その内容は極めて濃密なのである。いずれ機会があれば『漱石と寅彦の書簡』とでも題して、まとめてみたいと思う。本書では、紙幅の都合上、このへんで切り上げたい。

余談ながら、現在は、先端技術（いわゆる〝ハイテク〟）、より限定的にいえば情報通信技術（いわゆる〝IT《アイティー》〟）の発達によって、世界中の誰とでも、瞬時の、音声によるコミュニケーションはもとより、文字、カラー映像によるコミュニケーションが極めて容易に可能である。ITを使えば、世界中の誰とでも、カラー挿絵入りの「文通」が瞬時にできるのである。「情報を伝える」という「目的」を考えるならば「便利」この上ない。

ところが、日本にいる寅彦とロンドンにいる漱石、そして日本にいる漱石とベルリンにいる寅彦との「文通」にはどれだけの時間を要したことか。電子メールやファックスはもとより、航空便もない時代である。船便の往復には数ヶ月を要したことであろう。寅彦は漱石からの手紙を、漱石も寅彦からの手紙を、数ヶ月間、文字通り鶴首して待っていたということである。

私は、このような「待ち時間」あるいは「じらし」が、ハイテクによる瞬時のコミュニケーションでは得ることができない妙味を「文通」に生み、二人の濃密な関係の熟成に大きな役割を果したのだと思う。ちょうど、自然の豊潤な発酵食品を作るには、酵母や細菌の十分な分解時間が必要なように。

余談ながら、最近、親しい友人から、旅先のアメリカ・ヨセミテ公園の絵はがきが届いた。その絵はがきには「ヨセミテは数百万年かけてできた奇岩、樹木、川、鳥、野生動物など大自然がそのままあり、さまざまな数々の感動と不可思議を呼び起こしてくれました」と書かれていた。

彼女は、弁護士として、まさしく「人間」と「社会」の精神的・物理的喧噪の中で、本当に忙しい日常生活を送っている人なので、束の間ながらも、大自然の中に入り、その雄大かつ不可思議な美しさに受けた原初的な、大いなる感動は、私にはよく理解できる。

いつも「大自然に畏敬の念を抱いている」私のことを知っている彼女は「ヨセミテの大自然を見ての感動を一番にお伝えしたくて興奮して絵はがきを書いた」という嬉しい添え書きもしてくれた。

最近は、さまざまなＩＴ手段、とりわけケイタイ電話や電子メールで「手紙」も絵も写真も、何でも「瞬時」に電送される御時世であるが、この絵はがきが私に届いたのは、消印を見ると、サンフランシスコで投函された日の五日後だった。なんだか陳腐な「時代的」な表現ではあるが、はるばる太平洋を渡って来てくれたかと思うと、この一枚の絵はがきはケイタイ電話や電子メールでは絶対に味わえないありがたみと嬉しさを私に与えてくれた。また、その五日間という「間《ま》」が、私に大きな想像の拡がりをもたらせてくれたのである。

最近は、うるさいくらい頻繁に届くダイレクトメールの類は別にして、封書やはがきの私信、特に「絵はがき」という「郵便」自体が珍しく、とても懐かしく、「レトロ」の雰囲気さえ感じさせる。

ヨセミテから絵はがきが届いたのが、ちょうど、母の「十三回忌」の二日後ということもあり、昔、アメリカで暮らしていた私が世界中を飛び回っていた頃、旅先から、せっせと母に絵はがきを書いていたことを思い出した。

そして、十二年前、亡くなった母の蔵書を整理していた時、生前母が読んだ本の中から、私が旅先から送った絵はがきが何枚も出て来て驚いたことが鮮明に思い出されたのである。母は、私の旅先からの絵はがきを、ちょうど、その時に読んでいた本の栞に使っていたようである。母がどのような気持で、私からの絵はがきを受け取り、それをどのような気持で栞に使っていたのかを想像し、私はしばし感傷にひたった。

アメリカから届いた一枚の絵はがきが、私に、まさに「時間」と「空間」を超えた感動を蘇らせてくれたのであった。

もしも、私に、ヨセミテ公園の写真がケイタイ電話や電子メールで、「瞬時」に届いたとしたら、私の感動が、これほどまでに拡がることはなかったことは間違いない。少なくとも母の「栞」を思い出すことは絶対になかったであろうし、「瞬時」は、私にとってとても貴重な「時

間」も「空間」も意識させてくれないだろうからである。

現代〝文明〟社会の「便利さ」「時間の短縮」の立役者はＩＴをはじめとする「ハイテク」である。すべての「ハイテク」の「頭脳部」の中枢にあるのはエレクトロニクスだから、現在、われわれの生活は好むと好まざるとにかかわらず、エレクトロニクスなくしては成り立たなくなっている。実は、私は、日本とアメリカでおよそ十年ずつ、このようなエレクトロニクス機器の基盤である半導体結晶に関する研究に従事した者なのであるが、一九八六年に「エレクトロザウルス」という言葉を造った(68)。この「エレクトロザウルス」は、現代の科学と技術の粋を集めたエレクトロニクスが生んだ〝現代の巨大な怪物〟の意味である。その造語の当時、私はアメリカにおり、「半導体研究者」としては絶頂期にあった。しかし、その頃、私は、将来、人間が作り上げたエレクトロザウルスに人間自身が支配されてしまう社会になるのではないか、という危惧の念を抱き始めており、前掲拙著(68)の「エピローグ」の中で、思えば二十年以上も前に、「基本的に、エレクトロザウルスが果すべき役割は、われわれの知的活動を支援し、単純労働の肩代わりをすることで、われわれ人間を支配することではない。あくまでも、エレクトロザウルスを調教し、支配するのは人間である。しかし、また、われわれが、エレクトロザウルスを支配すべき人間であることを自覚し、それを支配する能力、知力を身につけない限り、われわれ自身がエレクトロザウルスに支配される可能性があることも否めないのであ

る。」と書いていた。

そして、結果的に、一九九三年の秋、私は「エレクトロニクス」から引退し、永住のつもりで渡った「現代文明のメッカ」アメリカから帰国した次第である。

社会のあらゆるシステムや組織の中枢がコンピュータに管理されている現実や、文字による「交流（コミュニケーション）」のほとんどが電子メールによってなされる日常、さらには、ところ構わず傍若無人にケイタイ電話に「興じる」日本の老若男女を見るにつけ、二十数年前に私が抱いた危惧が現実のものになっていることを痛感するのである。

現代社会における「金科玉条」ともいえる「効率」「経済性」は、われわれにとって貴重な「間《ま》」を奪い去り、本来の、自然な時間と空間をねじ曲げてしまったのである(69)。ねじ曲げられた時間と空間の中で生活しているわれわれ「現代文明人」が健康でいられるのは至難のことであろう。

確かに、ケイタイ電話や電子メールは「便利」この上ない。だからこそ、「効率」「経済性」最優先の現代社会において「必要不可欠なもの」になっているのである。

しかし、ケイタイ電話や電子メールで送られて来る「たより」は本の栞にはできない。

ああ、そうか、私にとっての「本」は紙に印刷されたものだから、栞が必要なのだけれど、いま盛んに進められている「本の電子化」の時代には栞そのものが不要なのかも知れない。で

も、やはり、私は、絵はがきが栞になる本を好む。

漱石と寅彦が、お互いの絵はがきを、本の栞に使ったかどうかは確証がないが、何となく、私は、使っていたような気がしてならない。

現代の文明社会では、技術によって「目的」に達するまでのあらゆる時間が短縮されている。それは「経済性」や「効率」のことを考えれば大いに価値があることなのであろうが、人間を含む〝自然の営み〟には、技術で短縮してはいけない、それ相当の時間が必要なのではないかと思う。文明が発達すればするほど文明人は「自然の時間」から離れ、人工的な（つまり不自然な）「文明の時間」に支配されるようになってしまう(69)。

人間の技術によって、「経済」的あるいは「効率」的「時間」を果てしなく短縮できたとしても、自然が求める、また、人間を含めてすべての生きものにとって本当に必要な時間を短縮することはできないのである。現代文明社会では「自然の時間」が置き去りにされ「文明の時間」のみが優先されている。つまり、人間の生活がどんどん、自然から離れて行っているのである。

ここで私は、エンデ（一九二九―一九九五）が紹介するインディオの強力《ごうりき》の話(70)を思い出す。

中米の内陸を探検する遺跡発掘隊が、幾人かのインディオを強力として雇った。彼らは屈強で、とてもおとなしい男たちだったが、五日目に突然、先へ進むことを拒否した。発掘隊の白

人の学者たちは、理由が全くわからないまま、あらゆる方法で彼らを進ませようとしたが、彼らは無言で円陣を組み、座り続けた。ところが、二日ほど過ぎると、彼らはいっせいに立ち上がり、命令もなしに予定された道を再び歩き始めたのである。

屈強で、おとなしいインディオの強力たちは、なぜ二日間も止まってしまったのだろうか。インディオは「早く歩きすぎた」「だから、われわれの魂が追いつくまで、待たなければならなかった」と答えた。

エンデはいう。「わたしたち、つまり工業社会の〝文明〟人は、この〝未開な〟インディオから多くを、とても多くを学ばなければならないと思う。外なる社会の日程表は守るが、内なる時間、心の時間に対する繊細な感覚を、わたしたちはとうの昔に抹殺《まっさつ》してしまった。個々の現代人には選択の余地がない。逃れようがないのだ。わたしたちはひとつのシステムを作り上げてしまった。ようしゃない競争と殺人的な成績一辺倒の経済制度である。」

閑話休題。

漱石の感化

寅彦は、五高二年の〝エポック・メーキングの日〟から生涯に渡って、漱石のさまざまな感

化を受け、あの人間・寺田寅彦が醸成されるのであるが、その感化の発端は俳句である。
もちろん、感化されるものが何であれ、感化を受ける者が、その〝受け皿〟を持っていることが必須の条件である。そのような〝受け皿〟はすでに具現している場合も、未だ潜在的である場合もある。

寅彦の俳句の場合は、そのいずれであったのだろうか。

寅彦自身が「かねてから先生が俳人として有名なことを承知していたのと、その頃自分で俳句に対する興味がだいぶ醗酵しかけていた」と「追憶」(19)しているように、また、〝エポック・メーキングの日〟以前に作られた寅彦の俳句として六句が遺っていることから(49)、すでに具現していたものと思われる。しかし、それらの六句が作られたのはいずれも明治三十、三十一年であり、〝エポック・メーキングの日〟以前ではあるが、五高で英語教師としての漱石に会ってからのことである。

寅彦には、それ以前から文学一般に対する興味も才能もあり、俳句にも一般的な興味を持っていたのであろう。そのような寅彦が五高に入学して教わった英語教師である漱石が、明治三十（一八九七）年三月七日の新聞『日本』に掲載された「明治二十九年の俳句界」(47)にあの正岡子規に紹介されているのを読んだとすれば、「俳句に対する興味がだいぶ醗酵しかけていた」ことも、試みに句作したことも容易に想像できるのである。

そして、〝エポック・メーキングの日〟、「俳人として有名な」漱石と対面した時に発した質問が六五ページに紹介した「俳句とは一体どんなものですか」だったのである。

そして、この後の顚末については、すでに六六ページで紹介した通りである。

漱石が明治三十二（一八九九）年五月十九日の手紙（二四ページ参照）で、寅彦を子規に紹介することになった直接のきっかけは、この俳句である。漱石に紹介された寅彦が実際に子規を訪問するのは、明治三十二年、理科大学に入学のために上京した直後の九月五日だった。この時の様子が「根岸庵を訪う記」(59)に書かれている。

姓名を告げて漱石師より予《かね》て紹介のあった筈《はず》である事など述べた。玄関にある下駄が皆女物で子規のらしいのが見えぬのが先ず胸にこたえた。外出と云う事は夢の外ないであろう。枕《まくら》上《がみ》のしきを隔てて座を与えられた。初対面の挨拶もすんであたりを見廻した。四畳半と覚しき間《ま》の中央に床をのべて糸のように痩せ細った身体を横たえて時々咳《せき》が出ると枕上の白木の箱の蓋を取っては吐き込んでいる。蒼白くて頰の落ちた顔に力なけれど一片の烈火瞳底に燃えているように思われる。

実は、この「根岸庵を訪う記」は寅彦が実際に子規を訪れた直後に書かれたもので、寅彦の

生前は「未発表原稿」で、公刊されたのは寅彦没の翌年の昭和十一（一九三六）年の『寺田寅彦全集　文学篇』が最初である。つまり、これを書いた寅彦は、文学者・随筆家として大成した寺田寅彦以前の、二十一歳の学生である。私は寅彦の早熟した並々ならぬ文才に驚かされざるを得ない。

それにしても、ここに描かれる子規の凄惨な姿には胸が痛む。わずかに「一片の烈火瞳底に燃えているように思われる」のが救いである。また、私は、子規の次の文章(71)にも救われる。

ガラス玉に金魚を十ばかり入れて机の上に置いてある。余は痛《いたみ》をこらへながら病床からつくづくと見て居る。痛い事も痛いが綺麗な事も綺麗ぢや。
（傍点志村）

私自身、小さい頃、小児結核を患《わずら》ったことがあり、いまも、私の胸の中には「石灰化巣」としてその痕跡があるものの、幸いにして、私はまだ子規ほどの苦痛を味わったことも病床につくこともないのだが、その場に及んだら「痛い（辛い）事も痛い（辛い）が綺麗な事も綺麗ぢや」といえるような自分でありたいと願う。

結核という病魔が子規の身体を蝕《むしば》み始めたのは、明治二十一（一八八八）年、子規が二十一歳の頃である。翌年五月に喀血した時、子規は余命十年を自覚したようである(72)。その時に

作った多数の俳句の中に

卯の花の散るまで鳴くか子規《ほととぎす》

がある。

鳥のホトトギスには「時鳥」「子規」「不如帰」などさまざまな漢字があてられるが、この鳥が「啼《な》いて血を吐く」と形容されることから、子規の時代には不治の病であった肺結核の代名詞になっていた。「卯の花」は初夏の花で、ホトトギスとの組合せは、いわば、夏の風物詩である。子規は、この「卯の花」に卯年生まれの自分を託している。

いま、われわれには「正岡子規」という名前が馴染深いのであるが、前掲(72)の「啼血始《ていけつし》末《まつ》」によれば、正岡常規が俳号「子規」を使うようになったのは右の句を作った時からだった。子規が三十五歳でこの世を去ってしまったので、短い期間ではあったが、子規と漱石は互いに「生涯の友」であった。

彼らの親密な交際が始まったのは明治二十二(一八八九)年の一月であり、子規は、この五月九日に喀血した。漱石は五月十三日に子規を見舞った後、同日付の手紙(7)の中で、子規を励ます

帰ろふと泣かずに笑へ時鳥

という句を書き送っている。

漱石は、見舞いの際、子規に前掲の「卯の花の……」の句を見せられ、それに応える意味で、この句を作って送ったのだろう。「帰ろふと」は、ホトトギスが「不如帰（帰るに如《し》かず）」とも書かれることを踏んでいる。「時鳥《ほととぎす》」はもちろん正岡子規である。

ところで、俳人・漱石は生涯に膨大な数の俳句を作り、それらのうちの二千五百余句が『漱石全集』(73)に収められているが、その第一ページの冒頭の句が、この畏友・子規を励ました「帰ろふと……」なのである。これも何と劇的なことであろうか。

また、いままで「漱石」という名を使って来たのではあるが、実は「夏目金之助」が「漱石」を使い始めたのは、子規を見舞った、この時直後のことである。子規の文集『七草集』の批評を書いた時に、初めて「漱石」が使われたことを漱石自身が五月二十七日の子規宛の手紙(7)の中で

七草集には流石の某も実名を曝すは恐レビデゲスと少しく通がりて当座の間に合せに漱石

となんしたり顔に認め侍り

と書いている。

また、この「漱石」という雅号について、漱石は、後日（一九一三年十月二日）『時事新報』の「雅号の由来」のアンケートに

漱石といふ故事は『蒙求』にあります。従つて旧幕時代の画印にも俳人にも同じ名をつけた人があります。私が蒙求を読んだのは小供の時分ですから前人に同じ雅号があるかないか知りませんでした。然しざらにある名でもなく又全くない名でもなく丁度中途半ぱで甚だ厭《いや》味《みつ》ポイ者です

と応えている(74)。

この〝『蒙求』にある故事〟というのは「枕石漱流」を「漱石枕流」と読み誤りながら、頑として訂正しなかったという晋の孫楚の故事のことで「漱石枕流（石に漱ぎ流れに枕す）」は「こじつけていい逃れること、負け惜しみが強いこと」の意味である。

漱石自身も書いているように、夏目漱石以前に「漱石」と号した同名異人は少なくなく(75・

76)、実は、少年の頃から沢山の雅号を持っていた子規の雅号の一つでもあったのである。子規が『筆任勢』の中の「雅号」(77)の〔上欄自注〕に「漱石は今友人の仮名と変セリ」と書いていることから、夏目金之助が子規から「漱石」を譲り受けたという「噂」もあるが(76)、前掲の漱石の「雅号の由来」を読めば、その「噂」は否定されるであろう。また、漱石の明治二十二（一八八九）年五月二十七日の子規宛の手紙の文面から、漱石は、子規の雅号の一つが「漱石」であったことを知らなかったのは確かである。

いずれにせよ、奇しくも、正岡常規が喀血し、余命十年を覚悟した明治二十二年五月は、近代日本の文学界を代表する「正岡子規」と「夏目漱石」が誕生した記念すべき時となったのである。

ともあれ、寅彦が根岸庵を訪れ、子規に初めて面会した時、子規の病状は悪化し、カリエスの症状も加わって〝寝た切り〟の生活になっていた(61)。まさしく「病床六尺、これが我世界である。しかもこの六尺の病床が余には広過ぎるのである。僅《わず》かに手を延ばして畳に触れる事はあるが、蒲団《ふとん》の外へまで足を延ばして体をくつろぐ事も出来ない」(60)状態の子規であった。

寅彦との初対面の時からほぼ三年後に子規は他界してしまうし、寅彦がその死の翌日の日記に「早くより上京しながら生前今一度の面会を得ざりしこそ口惜しけれ」(38)と書いているくらいだから、寅彦と子規との〝直接的接触〟は多くはなかったかも知れない。しかし、文芸

誌『ホトトギス』と文学者・寺田寅彦、そして次章で述べようとする小説家・夏目漱石との関係の大きさを考えるならば、子規が寅彦に直接的に与えた影響も漱石を通して間接的に与えた影響も極めて大きかったといわねばならない。「寺田寅彦」にとって、子規も不可欠の人物であった。それも、漱石あっての子規であった。

寅彦が子規に畏敬の念を抱いたことは、子規が師・漱石の畏友であったことや、寅彦が書き遺したものの端々からも明らかであるが、子規も寅彦のことを大いに評価していた。子規の弟子の高浜虚子が「寺田君は熊本の高等学校にいる頃から漱石氏のもとに出入りしていて『ホトトギス』にも俳句をよせたり裏絵をよせたりしていた。それが悉く異彩を放っていたので、子規居子なども其の天才を推賞していた。」(62)と書いている。

もちろん、子規が〝文学者〟であることを考えれば、寅彦が子規に感化されたのは主として〝文学分野〟においてであることはいうまでもない。しかし、私は、自分の眼で対象をありのままに見ることを基本とする「写生」を「文学の方法」として説いていた子規が、例えば俳句という〝作業〟を通じて、寅彦の科学に与えた影響も少なくなかったのではないかと思うのである。後年(昭和八年)、寅彦は「科学と文学」(50)の中で「科学の研究は一つの創作の仕事であったと同時に、どんなつまらぬ小品文や写生文でも、それを書く事は観察分析発見という点で科学とよく似た研究的思索の一つの道であるように思われる」と書いているが、ここには明

らかに子規の影響が読み取れるだろう。

私は、自然科学の分野では「自分の眼で対象をありのままに見ること」は最も基本的な態度だと思っているが、それが「文学の方法」においても同じだ、といわれれば一瞬、奇異な感じがしないでもない。しかし、よく考えてみれば、「対象」が自然科学における〝自然〟であっても文学における〝人間〟あるいは〝風景〟であっても「自分の眼でありのままを見ること」が基本であるのは共通であろう。そういえば、ゲーテ（一七四七—一八三二）も「熟視は観察へ、観察は思考へ、思考は統合へとかならずや移行するものであって、だから世界を注意深く眺めているだけで、われわれはすでに理論化をおこなっていると言うことができる。」(78)といっていた。

いずれにせよ子規がいうところの「写生」は自然科学的な態度そのものに思える。事実、子規は自然科学にも大いなる興味を持っていたことが寅彦の「子規の追憶」(79)から窺い知ることができる。

自然科学に関する話題にも子規はかなりの興味を有《も》って居たように思われる。当時自分は訪問してそういう方面のどんな話をしていたかは思い出せないが、ただ一つ覚えていることがある。ある時颱風《たいふう》の話からそのエネルギーの莫大なこと、これをどうにかして人間に有益

なように利用するようにしたいというようなことを話したら、大変にそれを面白がった。暴風の害を避けようというのでなくて積極的にそれを利用するというのは愉快だと云って喜んでいた。

写生文を鼓吹《こすい》した子規、「草花の一枝を枕元に置いて、それを正直に写生していると造化の秘密がだんだん分って来るような気がする」と云った子規が自然科学に多少興味を有つという事は当然であったかも知れない。『仰臥漫録《ぎょうがまんろく》』に「顕微鏡にて見たる澱粉《でんぷん》の形状」の図を貼込んであるのもそういう意味から見て面白い。

とにかく、文学者と称する階級の中で、科学的な事柄に興味を有ち得る人と有ち得ない人とを区別する事ができるとしたら子規はその前者に属する方であったらしい。この事は子規という人とその作品を研究する際に考慮に加えてもいいことではないかと思う。

もちろん、漱石も「前者に属する方」である。そして、寅彦は、「科学者と称する階級の中で文学的な事柄に興味を有ち得る人」であった。

ここで、漱石の「小説家」としての出発に決定的な役割を果したばかりでなく、寅彦の「文学者」としての出発にも絶大な役割を果した雑誌『ホトトギス』について簡単に触れておきた

い。

俳句雑誌『ほととぎす』は明治三十（一八九七）年に正岡子規主宰、柳原極堂編集の下に松山で発行された。二十号まで発行した後、翌年には発行所を東京に移し『ホトトギス』として再出発した。この時から、子規の弟子の高浜虚子が編集兼発行人となったが、その核には子規がいた。『ホトトギス』は当初、俳句の興隆を図ったものではあったが、近代日本の写生文、小説などの発達にも大いに貢献した総合文芸誌へと変貌して行った。

随筆家・寅彦を育てたのも、小説家・漱石を生んだのも、この『ホトトギス』であった。もちろん、寅彦の『ホトトギス』登場には、師・漱石の強力な〝後押し〟があったことや子規の推賞があったことを忘れてはならない。

漱石は、五高時代の俳句に始まった文学の面で、寅彦を大いに感化し、刺激を与えたことはいうまでもないが、寅彦の〝本職〟である物理学、より広くいえば自然科学にも大きな影響を与え、すでに触れたように、「寺田物理学」とも無縁ではない。私には、漱石が留学先のロンドンから傷心の寅彦（一一八ページ参照）へ書き送った明治三十四（一九〇一）年九月十二日付の長文の手紙（7）の中の次の一節が誠に印象深い。「漱石と寅彦」を考える上で極めて重要な、記憶に留めておくべき書簡である。

学問をやるならコスモポリタンのものに限り候英文学なんかは縁の下の力持日本へ帰つても英吉利《イギリス》に居つてもあたまの上がる瀬は無之候小生の様な一寸生意気になりたがるものゝ見せしめにはよき修業に候君なんかは大に専問《門》の物理学でしつかりやり給へ本日の新聞で Prof. Rücker の British Association でやつた Atomic Theory に関する演説を読んだ大に面白い僕も何か科学がやり度なつた此手紙がつく時分には君も此演説を読だらう

つい此間池田菊苗氏（化学者）が帰国した同氏とは暫く倫敦で同居して居つた色々話をしたが頗る立派な学者だ化学者として同氏の造詣は僕には分らないが大なる頭の学者であるといふ事は慥かである同氏は僕の友人の中で尊敬すべき人の一人と思ふ君の事をよく話して置たから暇があつたら是非訪問して話しをし給へ君の専門上其他に大に利益がある事と信ずる

ここに触れられている“Atomic Theory（原子論）”は、この頃（二十世紀初頭）やっと理解され始めて来た「原子の構造」についての、まさに先駆的な話である（ラザフォードが有名な「有核原子モデル」を提案するのは、これから十年後である！）。このような、湯気が立っているような「原子論」を読んで「大に面白い僕も何か科学がやり度なつた」という漱石は、やはり、並の「文学者」ではない。漱石の「科学」に対する関心、素養については、次項および次章で詳述することになる。

また、ここに登場する池田菊苗（一八六四―一九三六）は、日本のダシの風味に独特の〝旨味《うまみ》〟の研究を進め、グルタミン酸ナトリウムを含む化学調味料の発明で知られる化学者である。池田は、ちょうど漱石がイギリスに留学していた頃にドイツに留学しており、この漱石の手紙に書かれているように、ロンドンでは暫く同居するほどの親しい関係にあった。池田菊苗は「文学者」漱石に多大な影響を及ぼした人物であり、苦痛に満ちた「英国留学中の漱石」を救った人物といってもよい。後日（一九〇八年）、漱石は池田菊苗について

池田菊苗君が独乙《どいつ》から来て、自分の下宿に留つた。池田君は理学者だけれども話して見ると偉い哲学者であつたには驚ろいた。大分議論をやつて大分やられた事を今に記憶してゐる。倫敦《ろんどん》で池田君に逢つたのは自分には大変な利益であつた。御蔭で幽霊の様な文学をやめて、もつと組織だつたどつしりした研究をやらうと思ひ始めた。

と語っている(80)。

漱石が、このような「池田菊苗観」を持っていたからこそ漱石は、前掲の手紙を愛弟子・寅彦宛に書いたのである。

寅彦が、この漱石の手紙を受け取ったのは十月二十七日と思われるが(38)、その後の寅彦の

「日記」からも書簡からも、あるいは随筆からも、寅彦が池田菊苗に接した形跡を得ることができない。

この池田菊苗と漱石との関係については次項でも触れてみたい。「漱石と寅彦」にも、漱石の作品にも、池田が与えた影響は少なくないと思われるからである。

いま、私は、寅彦が漱石から受けた「感化」について縷々《るる》述べて来たのであるが、結局、それは、寅彦自身の言葉(19)で記せば、次のように凝縮されるであろう。

先生からは色々のものを教えられた。俳句の技巧を教わったというだけではなくて、自然の美しさを自分の眼で発見することを教わった。同じようにまた、人間の心の中の真なるものと偽なるものとを見分け、そうして真なるものを愛し偽なるものを憎むべき事を教えられた。

私は、「師」が「弟子」に何かを教えられるとすれば、ここに書かれていること以上のものはないように思われる。漱石という「師」が立派だったのと同時に、寅彦という「弟子」も立派だったのである。

私事ながら、私は「教育者」の端くれでもあり、毎年度の初め、卒業研究生を迎える時には

いつも、私の「教育方針」として「啐啄《そったく》」(81)の話をするのであるが、「漱石と寅彦」は、希有な最高レベルの「啐啄」の実例であろう。ひたすらすばらしく、うるわしく、また羨やましくも思う。

寅彦と池田菊苗の感化――自然科学

いままで「師」たる漱石が「弟子」たる寅彦に、直接的あるいは子規や虚子や池田菊苗らを通して間接的に与えた「感化」について述べて来たのであるが、実は、「師」たる漱石は「弟子」たる寅彦の、少なからぬ「感化」を受けているのである。そこが、序章でも述べたように、「漱石と寅彦」が並の師弟関係ではなかったといわれる由縁の一つである。

すでに記したことではあるが、森田草平の「漱石の所謂門下生の中で、先生自らが生前ひそかに畏敬してゐられたのは、恐らく寺田（吉村冬彦）さん位なものであつたらう。或ひは寺田さん一人だと云ひ切つた方がいゝかも知れない。」(5)、安倍能成の「夏目先生は若いもの総ての美点と長所とを認められたけれども、寺田さんに対する尊敬は別であつたやうに思ふ。」(6)、また江口換の「多勢のお弟子の中で、漱石が一ばん高く評価していたのは、何といっても理学博士寺田寅彦だった。いや寺田寅彦の場合は、高く評価していたという言葉さえもあたってい

ない。むしろ、漱石のほうでも十分な尊敬をもってうけ入れていた、というべきであろう。」(1)などが、その「証言」である。

漱石が寅彦から受けた「感化」の筆頭は、やはり何といっても「自然科学」特に「物理学」そのもの、そして「自然科学的態度」ではないかと思う。

しかし、私は、ここで「感化」という言葉を使うことを憚《はばか》らざるを得ない。というのは、漱石は「寅彦以前」にすでに並々ならぬ「科学的センス」「科学的素養」を持っていたし、漱石の「自然科学」に対する興味も並々ならぬものであったことは確かだからである。したがって、漱石が寅彦によって「感化」された、というのは正しくなく、漱石の「自然科学観」あるいは「科学的センス」が寅彦を通して一層磨かれ、確たるものになったというべきであろう。寅彦の「感化」が具体的に現われるのは漱石の小説の中においてであるが、それについては次章で述べることにしよう。

すでに述べたことではあるが、私が驚かされるのは、明治三十四（一九〇一）年九月十二日付の寅彦への手紙の中で、その日ロンドンで読んだリュッカー（一八四八―一九一五）の「原子論」に関する演説を大いに面白いと書いていることである。この演説というのはグラスゴーで開かれた英国科学振興協会（The British Association）におけるリュッカーの会長就任講演のことである。このリュッカーは同年にロンドン大学学長にも就任した高名な物理学者であり、そ

の講演内容の詳細が『ネイチャー』一九〇一年九月十二日号に掲載されている。その分量は二段組みの細かい文字で八ページにも及び、この分量から想像すると講演は二時間を超えたのではないかと思われる。講演は、この会議の前に亡くなったヴィクトリア女王を称える言葉に続いて、これが新しい君主の下で開かれる最初の会議であるばかりでなく、新世紀の最初の年に開かれるものであることから始められている。本論は「十九世紀の科学」から始まり、「科学理論に対する疑問」、「自然モデルの構築」、「物質の分析における継続的段階」、と続き「原子論」、「分子論」、はては「生命現象」にまで及んでいる(82)。漱石がロンドンで読んだという新聞記事がどの程度の抄録だったのかはわからないが、いずれにせよ、内容的には、かなり専門的な、しかも最先端の科学の話だったはずである（すでに述べたように、ラザフォードが有名な「有核原子モデル」を提案するのは、これから十年後！）。

寅彦は、漱石の勧めに従って、この『ネイチャー』を読んだことを明治三十四（一九〇一）年十一月二十日の日記に「夜は Nature を読む　グラスゴーに於ける British Association の報告あり」(38)と書いている。

もちろん、当時、優秀な物理学徒であった寅彦には、このリュッカーの講演の詳細はともかく、「面白さ」くらいは十分にわかったであろうが、このような専門的な講演に関する新聞記事を読んで「面白いから読め」といって来る師・漱石の「すごさ」を改めて感じたのではない

だろうか。やはり、わが師・漱石は「ただもの」ではないと。

リュッカーの演説内容を百年後の現在に置き換えてみれば、「量子論」や「素粒子論」に触れ、物質の究極のアトモスと考えられる〝超ひも（super strings）〟の実在論（39）を述べるようなものである。このような話を、漱石は「大いに面白い」と思い、「自分も何か科学がやりたくなった」というのである。そして、その手紙を寅彦に書き送った十日後、妻・鏡宛の手紙の中に「近頃は文学書は嫌になり候科学上の書物を読み居候」（7）と書いている。

漱石の科学の素養、科学的センス、そして科学への傾倒ぶりが並々ならぬものであることがわかるだろう。

そのような漱石の科学的センスを爆発させ、科学への傾倒に拍車を掛けたのは、すでに簡単に触れた、ロンドンでの池田菊苗との出合いであろう。

池田菊苗は漱石より三歳年長である。そして、漱石の英国留学より一年早い明治三十二（一八九九）年にオストワルド教授（一八五三―一九三二）の下で、約一年半反応速度論、触媒などの研究に従事した。このオストワルドは、池田が留学した十年後の一九〇九年に「触媒作用に関する研究および化学平衡と反応速度に関する研究」でノーベル化学賞を受賞している。

池田菊苗はドイツ留学を終えて帰国の途中、イギリス王立研究所（The Royal Institute）に通うためにロンドンに明治三十四（一九〇一）年五月五日から同年八月三十日まで滞在したのであ

るが(84)、この時の下宿が漱石の宿と同じだった。漱石と池田は、漱石の五高時代の同僚で池田と同じライプチヒに留学していた大幸勇吉《おおさか》（一八六六—一九五〇）の仲介で、互いに知合いの仲だったので(84)、漱石が池田に、自分の下宿を紹介し、世話したのである。

池田菊苗は有能な化学者であるばかりでなく、漱石が「理学者だけれども話して見ると偉い哲学者であつたには驚ろいた。大分議論をやつて大分やられた」(80)と書いているように、池田の知識は英文学、世界観、禅学、哲学、教育学、支那文学など多岐に渡っており、しかも漱石に対して哲学の内容の手ほどきまでしたといわれる(83)。

ちなみに、あの漱石を驚かせ、あの漱石に哲学の手ほどきをしたという池田菊苗は、この時、三十五歳である。私も、池田菊苗という人物の端倪《たんげい》すべからざる素養に驚かざるを得ない。

池田菊苗がロンドンを訪れたのは、ちょうど、漱石が憂鬱で孤独に苦しんでいた頃である。漱石は池田のロンドン到着を鶴首して待っていたに違いない。その様子が、その頃（明治三十四年五月）の漱石の「日記」(84)からはっきりと伝わって来る。

五月三日　金
　池田氏ノ部屋出来上ル
五月四日　土

池田氏ヲ待ツ来ラズ

薔薇二輪 6 pence 百合三輪 9 pence ヲ買フ素敵ニ高いコトナリ

漱石は〝素敵ニ高い〟バラ二輪と百合三輪を買っているが、これは池田菊苗を迎えるためのものと思われる。しかし、予定日と思われるこの日、池田は来なかった。

五月五日　日

朝池田氏来ル午后散歩　神田、諸井、菊池三氏来訪

待ちに待った池田菊苗が漱石の下宿に到着した。早速、友人らが集まって「歓迎会」を開いたのであろう。池田は、この日から六月二十六日までの約二ヶ月間、漱石の下宿に同居し、王立研究所のファラデー実験所に通うことになる。

漱石は池田と、早速、翌日から堰を切ったように、さまざまなことを語り合うのである。その話題を「日記」から拾ってみると、五月九日から五月十六日までの一週間だけで、英文学、世界観、禅学、哲学、教育、支那文学に及んでいる。そして、五月九日の日記には「同氏ハ頗ル多読ノ人ナリ」と書かれている。かなりの「多読の人」と思われる漱石から「多読の人」と

いわれた池田の「多読」振りは相当なものだったに違いない。

二人は難しい話ばかりしていたのかと思うとそうではなく、五月二十日の日記には

夜池田ト話ス理想美人ノ description アリ両人共頗ル精シキ説明ヲナシテ両人現在ノ妻ト此理想美人ヲ比較スルニ殆ンド比較スベカラザル程遠カレリ大笑ナリ

という楽しそうな話もしている。この日の談話は大いに盛り上ったようで、翌日の日記には「昨夜シキリニ髭ヲ撚ツテ談論セシ為右ノヒゲノ根本イタク出来物デモ出来タ様ナリ」と書かれている。

漱石が、池田菊苗と文学や哲学など「文系」の話だけでなく、池田の専門の化学や一般科学など「理系」の話をも盛んにしたことは、先に紹介した漱石の九月十二日の寅彦宛手紙の内容から明らかである。科学に大いに興味を持っていた漱石は、池田から当時の最先端の、そして本場の化学の話を興奮しつつ聴いたであろう。そして、一層、科学へ傾倒して行ったのである。

漱石は五十年の生涯の中で強度の憂鬱症を三回起しているが[83]、そのうちの一回は英国留学中のことである。ロンドンで同居した池田菊苗の博識と話術は、そういう漱石を慰め、救ったのであろう。期せずして、池田は鬱病の漱石に直接的な心理療法を行っていたのかも知れな

い。このようなことを考えると、池田が漱石に与えた影響は「感化」などということで簡単に済まされるものではなく、漱石そのものが池田に救われたと、いってもよいだろう。もし、漱石がロンドンで池田に会わなかったら、後の文豪・漱石は存在しなかったのかも知れない。

そして、帰朝後漱石は寅彦から、今度は最先端の物理学の話を聴くことになる。こうして、「理系人間」の漱石が醸成されて行ったのである。

漱石の自然科学への興味がいかばかりであったかは、帰朝直後、一高の英語教授として使った教科書が〝Science and Technical Reader（科学・技術読本）〟であることに如実に現われている。漱石のこの英語の授業を受けた高嶺俊夫は、

> 漱石師が自然科学に就ては特別の興味を持って居られたのは見逃せぬ事である。
> 一高一年（一九〇三年）の時吾々が習った Science and Technical Reader と云う教科書があったが、先生は此本の理工科的の内容に異常な興味を持って居られた。（傍点志村）

と書いている(85)。

文学者・夏目金之助の大作は『文学論』(32)であるが、ここには〝科学的分析手法〟が溢れている。

この『文学論』は、漱石が帰朝の年（明治三十六年）の九月から明治三十八（一九〇五）年六月まで東京帝大文科大学で行った講義「英文学概説」を基にしたもので、明治四十（一九〇七）年五月に大倉書店から刊行された。帝国大学における最初の日本人英文学講師による、英文学を中心にした最初の本格的な文学論である。

すでに紹介した（一一九ページ参照）明治三十四（一九〇一）年九月二十二日付の妻・鏡宛の手紙の「近頃は文学書は嫌になり候科学上の書物を読み居候」の後に書かれている「当地にて材料を集め帰朝後一巻の著書を致す積りなれどおれの事だからあてにはならない只今本を読んで居ると切角自分の考へた事がみんな書いてあつた忌々しい」の「一巻の著書」、また翌三十五年二月十六日付の菅虎雄宛のはがき(7)に書かれている「近頃は文学書抔は読まない心理学の本やら進化論の本やらやたらに読む何か著書をやらうと思ふが僕の事だから御流れになるかも知れません」の「何か著書」は、この『文学論』のことである。そして、同年三月十五日付の義父・中根重一宛の長文の手紙(7)の中にも「一著述を思ひ立ち目下日夜読書とノートをと」っていること、また、そのプランの詳細が書かれている。

このような発端から「御流れ」にならずに完成した、「文系書」の典型と思われる『文学論』の随所に文学士・夏目金之助の「理系的センス」が見出されるのである。このことは、ロンドン滞在中の化学者・池田菊苗、そして帰朝後の物理学者・寺田寅彦との接触の少なからぬ

影響の結果と考えてよいだろう。つまり、文学者・夏目金之助の文学上の代表的著作に「自然科学の感化」が色濃く見出されるのである。

例えば『文学論』本論の冒頭「第一編　文学的内容の分類　第一章　文学的内容の形式」(32)は

> 凡そ文学的内容の形式は(F＋f)なることを要す。Fは焦点的印象又は観念を意味し、fはこれに附着する情緒を意味す。されば上述の公式は印象又は観念の二方面即ち認識的要素(F)と情緒的要素(f)との結合を示したるものと云ひ得べし。

で書き始められているが、この公式(F＋f)は『文学論』全体の基調を成し、文学的内容についての漱石の考え方を最も集約したものである。

長年「自然科学」の分野で仕事をして来た者には「文学論」などというものは、まさに〝敬遠〟の対象なのであるが、私は、この冒頭に掲げられた「公式(F＋f)」のお蔭で、漱石の『文学論』に興味を持てたのである。一般に「文系の人間」は「公式」なるものが好きではないので、冒頭に(F＋f)なる「公式」が登場する「文学論」に抵抗を感じるのかどうかわからないが、この『文学論』が漱石独特の新奇性に富んだ「文学論」であることは間違いないだ

ろう。

この『文学論』の出版について小宮豊隆が明かす面白いエピソード(42)を紹介しておきたい。この本の出版に関わった校正者と印刷者の不馴れと不都合のために誤植が夥《おびただ》しい量になった。否定が肯定になったり、その逆になったり、意味がまるで通じない箇所が至る所にある。小宮が正誤表を作ってみると、それは六号活字で三段か四段かに組んで十八ページ以上になった。それを見た漱石は烈火の如く憤慨し「おれに金があつたら『文学論』をすつかり買ひ上げて、庭に積んで焼いてしまひたいんだがなあ」といった。小宮は、その漱石の気持に同情して何にもいえないところに寅彦がやって来た。事の一部始終を聴いた寅彦は「文学の方はどうなつてゐるのか知らないが、しかし科学の方では、論文などにつける正誤表が精密であればあるほど、その著者が良心的であるといふ点で反つて評判がいい、十八頁の正誤表はむしろ誇つていいぢやありませんか」と漱石に向かっていった。それで、漱石の機嫌が直ったというのである。それを聴いていた小宮は、寅彦が思いもよらない角度から物を見る態度にびっくりした。そして、この「正誤表」の顚末を次のように締めくくっている。

——寅彦には漱石と同じく、炎のやうな情熱があつたが、しかしそれとともに寅彦は、ひらりと身をかはしてその中から跳り出し、高いところからその情熱を押へて無闇に荒れ狂はせな

い、特殊な能力を持つてゐた。勿論漱石にもその能力はあつた。またさうする努力を一生の間続け通したが、しかしその点では漱石はいくらか寅彦に劣る――寅彦のやうには素早く気持を転換することのできないところがあつた。これは寅彦の専門が科学であり、科学が寅彦の身についていてゐたせゐかも知れない。またその点で漱石は寅彦を尊敬してゐたやうである。

私は、これをとてもいい話だなあと思う。このようなエピソードを書き遺してくれた小宮豊隆に感謝したい。

漱石の「科学的センス」について述べているこの項の最後に、漱石の面白い日記を紹介しておきたい。明治四十四（一九一一）年七月三日の日記である(86)。

相変らずの雨にてくさ〳〵する。踏むもの触るゝもの悉くじめ〳〵して心地悪し。二時頃寺田がくる。第五の出身者が精養軒で飯を食ふから出ないかと云ふ。雨では恐れるがと思つたが思ひ切つて出る事にした。江戸川終点へ出る前の道の悪さ加減はまことに言語に絶してゐる。仕舞に腹が立つ。然し土を鑑賞する事が出来たら此位美的な土はあるまい。ファインで粘り気があつて柔かで申し分がない。是をはき寄せて、タンクを作つて壁土に利用したら通行者にも経済にもなるだらうと云ふ事を寺田が申し出た。帰りには豪雨の御蔭で此どろが悉《ことごと》く流れ

てゐた。　　　　　　　　　　　　　（傍点志村）

これは、漱石の「日記」の中で私が最も好きなものの一つである。これだけでも、実に味わい深い立派な小品に思える。

道の悪さに腹を立てつつも、冷静に土を「鑑賞」し、かつ「分析」している「理系人間」漱石の面目躍如で面白いではないか。また、寅彦との丁丁《ちょうちょう》発止《はっし》のユーモアもすばらしい。二人の微笑ましい「師弟関係」の姿が眼に浮かぶ。

寅彦の感化――クラシック音楽

漱石が邦楽に関してはかなり造詣が深かったことは確かである(87)。特に謡《うたい》は熊本・五高時代から自らうたっていた。明治四十（一九〇七）年頃からは、高浜虚子の紹介で、ワキ方宝生流十世宗家の宝生新（一八七〇―一九四四）に週に二回、出稽古に来てもらい、鏡子夫人がいうように「いったい芸事でも何でも、へたじょうずはともかくとして、やりかけるとなかなか熱心にやるほうなので、謡も一時は相当熱心にやった」(88)ようである。師匠の宝生新は「どうせお殿様稽古なんだからという腹」だったようであるが。

しかし、洋楽、クラシック音楽となると元々関心を示さなかった。ロンドンから寅彦に宛てた明治三十四（一九〇一）年十一月二十日付の手紙（7）の中に「明日の晩は当地で有名なPatty《[Patti]》と云ふ女の歌を『アルバート・ホール』へきゝに行く積り小生に音楽杯はちとも分らんが話の種故此高名なうたひ手の妙音一寸拝聴し様と思ふ」（傍点志村）と書いている。

ちなみに、この〝Patty〟（正しくはPatti）は一八四三年マドリード生まれのイタリア人歌手で、十六歳の時にニューヨークでデビューしてから七十一歳の一九一四年までオペラ歌手として欧米で活躍した（87）。そして、漱石が行った「ロイヤル・アルバート・ホール」は一八七一年に完成した八千人を収容する豪華なホールだった。

当時は「音楽抔はちとも分らん」という漱石であるが、次章で詳述するように『吾輩は猫である』（以後『猫』と記述）には寒月の有名なバイオリンを登場させているし、『野分』では〝クラシック音楽〟にかなり重要な役割を与えている。

このように、漱石を〝洋楽〟そして〝クラシック音楽〟に傾斜させたのが寅彦であることは明瞭である。

そして、この寅彦が中学時代からすでに尺八を吹いたり、オルガンを弾いたりしていたのは事実であるが、寅彦を熱心なクラシック音楽ファン、あるいは『猫』風にいえば〝洋楽通〟にしたのは、第一章で述べた田丸卓郎である。寅彦にとって田丸卓郎は、五高時代から生涯に渡

る物理学の師であったが、同時に、音楽の師でもあった。そのきっかけがバイオリンであったことは第一章ですでに述べた通りである。寅彦は五高時代から田丸宅に通い始め、興味の対象をバイオリン、オルガンからクラシック音楽全般に拡げて行った。漱石の英国留学中、寅彦が足繁く通ったのも田丸宅であった。奇しくも、物理学者・寺田寅彦の理学博士論文(89)のテーマが「尺八の音響学的研究」だった。

上京後、寅彦は、田丸や友人としばしばコンサートを聴きに行っている。

例えば、明治三十四（一九〇一）年一月二十日の日記(38)には「昼より田丸先生と音楽会へ行く。ビンセント氏のピアノ独奏もあり。リストのラプソヂーは殊に面白く聞かれたり　長唄、大薩摩、琴三紘等もあり」と書かれている。面白いことに、この当時のコンサートでは和洋折衷のプログラムが組まれていたようである。また、同年四月十日の日記には、「雨。木下君と慈善音楽会へ行く（中略）Army band. 橘嬢のピアノ。幸田嬢のバイオリン。ケーベル博士のピアノ　ペリー嬢のバイオリン。コーエン夫妻の唱歌。納所《なつしよ》弁次郎氏の独唱」と書かれている。随分盛りだくさんのコンサートである。

ちなみに、ここに書かれている「ケーベル博士」は、明治二十六（一八九三）年に来日し、大正三（一九一四）年までの二十余年に渡って東京帝大で哲学・ドイツ文学・古典語学を、東京音楽学校でピアノを教授したラファエル・ケーベル（一八四八―一九二三）である。漱石も

大学院時代にケーベルの「美学」の講義を聴いている(90)。

漱石がケーベルについて書いたもの(90・91)を読むと、ケーベルは極めて高邁な精神を持つ孤高の人物であり、漱石自身、ケーベルを尊敬していることがよくわかる。

漱石が安倍能成と共に、神田駿河台の原田男爵の邸宅に住んでいたケーベルを明治四十四(一九一一)年七月十日に訪ねた時の様子が「日記」(86)に記されている。この時、漱石はケーベルからさまざまな話を聴いており、それを書き留めているのであるが、「音楽」に関することだけを抜粋してみると「日本で音楽家の資格あるものは幸田だけだ。尤もピやニストと云ふ意味ではない。たゞ音楽家と云ふ丈だ。日本人は指丈で弾くからだめだ。頭がないから駄目だ。」「音楽学校は音楽の学校ぢやない。スカンダルの学校だ。第一あの校長は駄目だ。」と、かなり手厳しい。なお、ここに触れられている「幸田」は、寅彦の日記にも登場する「幸田嬢」でもあるバイオリニスト・ピアニストの幸田延《のぶ》(一八七〇―一九四六)のことである。幸田延は、漱石と共に明治期の文豪の一人である幸田露伴(一八六七―一九四七)の妹である。

漱石は、英国留学から帰朝後、東京・千駄木に居を構えてからは、東京音楽学校の奏楽堂で催されるコンサートなどに寅彦と一緒に出かけるようになる。千駄木の家から奏楽堂までは、ほどよい散歩の距離であったし、明治期の日本の「近代化」(「文明開化」)の象徴の一つとして「洋楽」が位置づけられていたこと、そして側近の寅彦が〝洋楽通〟だったことなどが重な

り、洋楽（クラシック音楽）に関心を持ったのであろう。そして、実際に、生《なま》の演奏を聴くうちに、自然に、コンサート通いが趣味の一つになって行ったものと思われる。

寅彦と行った明治三十九（一九〇六）年十月二十八日のコンサートは、次章で述べる『野分』との関連で極めて重要である。寅彦の日記[66]からそのまま引用してみよう。

十月二十八日　日　晴

午後夏目先生と上野音楽学校なる明治音楽会演奏会へ行く。ミス・ロンゲーカーのソロ、レシテーション。ミツス《ママ》のピアノ、サリンガー氏のセロあり。

この日のコンサートは来日中だったソプラノ歌手ロンゲーカーとピアノ伴奏者のマツキによる室内楽を中心に組まれたプログラムであった[87]。『野分』には、この「コンサート」が巧みに取り組まれている。そして、『野分』という小説の中で、この「コンサート」は極めて重要な役割を演じているのである。

漱石は、そのような小説を書くほどに、寅彦に感化されていたのであった。

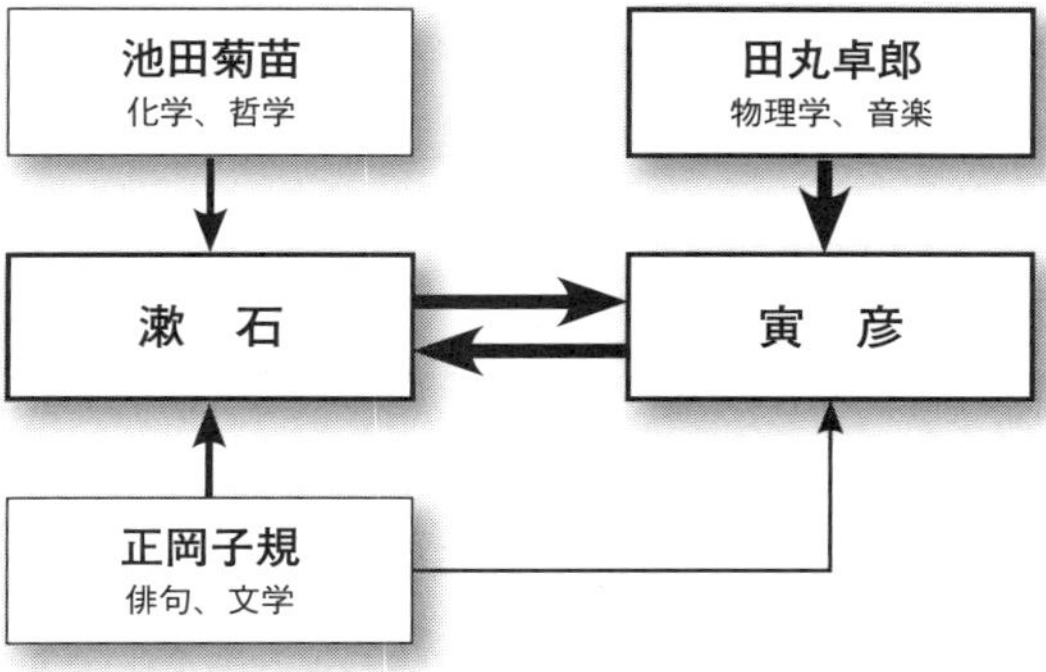

図２　漱石・寅彦人脈相関図

漱石・寅彦人脈相関図

漱石・寅彦の生涯に関わる人物の数が膨大であることは承知の上で、あえて特別に深く関わった人物を、古い順に正岡子規、田丸卓郎、池田菊苗の三人に絞って「相関図」（図２）を描いてみる。図中の矢印の方向は「影響力」の方向を、矢印の太さは「影響力」の大きさを相対的に示すものである。もちろん、宇宙に存在する万物は、それが有機物であれ無機物であれ、互いにゼロではない影響力を持っているので、万物は哲学的にも物理学的にも完全に独立して存在することはない（39・92）。この道理に従えば、人間関係においても「影響力」が一方向にのみ働くことはあり得ない。したがって、「相関図」に示される漱石と寅彦に向かう矢印はあくまでも

「影響力の大きさの差」と考えていただきたい。例えば、寅彦は熊本の五高時代に始まり生涯に渡り、主として物理学、音楽の分野で田丸卓郎の多大の影響を受けているが、そのような影響を寅彦に与える中で田丸自身も「反作用」として寅彦の影響を受けている。一般の「師弟関係」においても一般の「人間関係」においても、「影響力」の作用方向が一方向というものはあり得ないのである。また、寅彦が田丸から受けた影響が物理学や音楽に限れるものではないこともいうまでもない。

漱石と池田菊苗、漱石と正岡子規、また正岡子規と寅彦との関係においても同様である。しかし、「相関図」において、漱石と寅彦との関係に対しては、両者の特殊な「師弟関係」を明瞭に表現するために、あえて「絶対値」を表わす矢印を用いた。

また、説明するまでもないが、漱石から寅彦に向かう矢印の中には、漱石を経由しての池田菊苗、正岡子規の影響力の成分も含まれている。同様に、寅彦から漱石に向かう矢印の中には、寅彦を経由しての田丸卓郎の影響力の成分も含まれているのである。そういう意味においてはまさに、「漱石と寅彦」を中心に置いた人脈相関を表わすものである。

第三章

漱石の小説の中の寅彦

漱石の「文学論」と科学、小説家への転身

漱石が帰朝後、明治三十六（一九〇三）年九月から三十八（一九〇五）年六月まで行った講義「英文学概説」を基にしてまとめた大作がすでに紹介した『文学論』(32)であった。これに続く明治三十八年九月から東京帝大を退職する四十（一九〇七）年三月までの講義「十八世紀英文学」は『文学評論』(93)としてまとめられ、明治四十二（一九〇九）年三月に春陽堂から出版された。

ところで『文学論』（明治四十年五月刊行）には「夏目金之助」、この『文学評論』には「夏目漱石」と署名されている。

それにしても、門外漢の私にはこれらの「文学論」の中身はよくわからないが、この両大作を一瞥《いちべつ》すると、文学書から科学書まで、漱石の凄まじいばかりの勉強ぶりに驚かされる。これらの両書の巻末には「参考文献」がまとめられていないので、その正確な数はわからないが「漱石山房蔵書目録」(94)から推測しても、それは膨大な数であろうと思われる。漱石自身、『文学論』の「序」に「余は余の有する限りの精力を挙げて、購へる書を片端より読み、読みたる箇所に傍註を施こし、必要に逢ふ毎にノートを取れり。始めは茫乎《ぼうこ》として際涯《さいがい》のなかりし

もの、うちに何となくある正体のある様に感ぜられる程になりたるは五六ケ月の後なり。（ルビ志村）」(32)と書いているが、科学書を含む膨大な書を「五六ケ月」ほどで「何となくある正体のある様に感ぜられる」ほどに読みこなしたのは驚異的である。私は漱石の読書力に、改めて驚嘆せざるを得ない。

余談だが、もう何年も前に、私は東北大学図書館で「漱石文庫」を閲覧させていただき、あの漱石自身が手にとって読んだ何冊かの本を調べたことがある。そして、それらの本の中の漱石が「読みたる箇所に傍註を施こし」た文字を見た時の、全身が震えるような感動をいまも忘れることができない。その当時、私は、漱石が『倫敦塔』(95)の中で触れたマックス・ノルダウ（一八四九―一九二三）の『退化論（Degeneration）』(96)に興味を持っており、この本のリプリント版を「漱石文庫」に持参し、漱石自身が読んだ“Degeneration”に書き込まれた、漱石直筆のメモをすべて、そっくり、そのまま同じ箇所に写して来た。その本は五百五十ページを越す大部であり、その作業にはほぼ丸一日を要したが、漱石の熱烈なファンの私にとって、まさしく胸が躍る時間だった。いま、その「コピー本」は、私の宝として手元にある。いつか『漱石が読んだ「退化論」』のような書を著わしたいと思っている。

閑話休題。

すでに、『文学論』に科学的分析法が応用されていることを述べたが、それは『文学評論』

においても同様である。「第一編　序言」(93)に述べられる漱石の「科学観」を紹介しておきたい。この部分は「普通の習慣として吾人《ごじん》は文学と科学とを対立相反の言語（opposite terms）として用ひる」と書き始められ、漱石は、一応、この「通俗の見解」を認めた上で、次のように述べている。

其道の人は科学を斯《こ》う解釈する。科学は如何にしてといふこと即ち How といふことを研究する者で、何故といふこと即ち Why といふことの質問には応じ兼ねるといふのである。仮令《たとえ》ば茲《ここ》に花が落ちて実を結ぶといふ現象があるとすると、科学は此問題に対して、如何なる過程《プロセス》で花が落ちて又如何なる過程《プロセス》で実を結ぶかといふ手続を一々に記述して行く。然し何故（Why）に花が落ちて実を結ぶかといふ、（然《し》からざるべからずといふ）問題は棄てゝ顧みないのである。一度《ひとた》び何故にといふ問題に接すると神の御思召《おぼしめし》であるとか、樹木が左様《そう》したかつたのだとか、人間がしかしめたのだとか所謂《いわゆる》 Will 即ちある一種の意志といふ者を持来なければ説明がつかぬ。科学者の見た自然の法則は只其儘《そのまま》の法則である。之《これ》を支配するに神があつて此神の御思召通りに天地が進行するとか何とかいふ何故問題は科学者の関係せぬ所である。だから至つて淡泊な考で研究に取りかゝると云つても宜しい。（傍点原文）

私には、ここに書かれている「其道の人」が具体的に誰を指すのか、あるいは漱石自身なのか、わからないが、「人間がしかしめたのだ」を除いて、全面的に同感である。ここに書かれる「科学観」は、後年（一九五八年）、漱石の孫弟子にあたる中谷宇吉郎の名著『科学の方法』[97]の基調となるものでもある。

漱石が述べる「人間がしかしめたのだとか所謂Will即ちある一種の意志といふ者を持て来なければ説明がつかぬ」の中の「Will（人間の意志）」というもの、具体的には「人間の意志に基づく観測」という行為が、「自然現象」に影響を与えずにおかない、ということを原理的に明らかにした、まさに革命的自然観をもたらしたのが「量子物理学」[92]なのであるが、その創始者の一人といってもよいアインシュタイン自身は終生「量子物理学」に反意を持っていた[98]。また、後年（一九一七年）、寅彦は「物理学と感覚」[99]と題する随筆の中で

> 現在の物理学はたしかに人工的な造営物であって、その発展の順序にも常に人間の要求や歴史が影響する事は争われぬ事実である。
>
> 物理学を感覚的に無関係にするという事はおそらく単に一つの見方を現わす見掛けの意味であろう。この簡単な言葉に迷わされて感覚というものの基礎的の意義効用を忘れるのは、むしろ極端な人間中心主義で却って自然を蔑視したものとも云われるのである。

と述べているが、漱石がおよそ百年前に書いた『文学評論』に述べられている「Will」の問題は、いま現在においても、「現代物理学」における未解決問題なのである。

漱石は『文学論』の「序」(32)に「一切の文学書を行李の底に収めたり。文学書を読んで文学の如何なるものなるかを知らんとするは血を以て血を洗ふが如き手段たるを信じたればなり。」と書いたように文学とは対極にあると思われる科学の客観性、明晰さなどに依拠した「文学論」構築の「企て」を試みたのである。このような漱石の「文学論」は、「理系の人間」には取っ付きやすいのであるが、「文学畑」の人には無謀に思われたようである。

漱石自身、後日（大正三年十一月二十五日）、「私の個人主義」と題する講演(100)の中で

> 色々の事情で、私は私の企てた事業を半途で中止してしまひました。私の著《あら》はした文学論はその記念といふよりも寧ろ失敗の亡骸《なきがら》です。然も畸形児の亡骸です。或《あるい》は立派に建設されないうちに地震で倒された未成市街の廢墟のやうなものです。

と語っている。

結局、本職の「文学論」で念願を果せなかった漱石は「創作」の場で自分の科学に対する純

粋な好奇心を、「論」というように「大上段」に構えることなく、自然に発揮することになるのである。

漱石は、明治四十（一九〇七）年、「失敗の、しかも畸形児の亡骸」を遺して東大を去り、朝日新聞社に入社し、それまで文学者と小説家の「二足の草鞋《わらじ》」を履いた生活から専業小説家へと転身することになる。

「文学論」にも「教職」にも嫌気がさしていた漱石ではあるが、将来を嘱望された「東京帝国大学講師」という、一般的には「世間体」もよく「安定」した職を捨てて、「新聞小説家」として、当時、今日と比べれば圧倒的に小さな一民間企業である朝日新聞の社員になることを決意するにあたっては非常に慎重であった(101)。

当然であろう。

それでもなお、漱石に転身を決意させたのは、明治三十八（一九〇五）年、『ホトトギス』に発表した処女小説『吾輩は猫である』の思いがけない爆発的ヒット、それに続く『坊っちゃん』、『草枕』などの小説によって一躍「人気作家」となっていたことに加え、当時、「転換期」を迎えていた朝日新聞社の意図、つまり「看板」としての漱石を求めたこと(101)が重なったことであろう。結果的に、漱石は、朝日新聞社に破格の待遇で迎えられた。

なお、漱石の、文字通り「記念碑的作品」となった『猫』の「いきさつ」については、当事

者の高浜虚子(62)と漱石(80)自身によって語られている。ここでは、紙幅の都合上、それについては割愛する。

ところで、前掲の講演「私の個人主義」から引用した「亡骸」の部分に続いて、漱石は

> 然しながら自己本位といふ其時得た私の考は依然としてつゞいてゐます。否《いな》年を経るに従つて段ゝ強くなります。（「文学論」は——志村註）著作的事業としては、失敗に終りましたけれども、其時確かに握つた自己が主で、他は賓《ひん》であるといふ信念は、今日の私に非常の自信と安心を与へて呉れました。私は其引続《つづ》きとして、今日《こんにち》猶《なほ》生きてゐられるやうな心持がします。実は斯《こ》うした高い壇の上に立つて、諸君を相手に講演をするのも矢張り其力の御蔭かも知れません。

と述べている。

漱石ファンは、この言葉に安堵するのである。

こうして「自信」と「安心」を与えられた漱石は、今日までまさに「国民的文学作品」として延々と読み続けられている小説を次々に書いたのである。そして、この講演が行われた大正三（一九一四）年、漱石はすでに「高い壇の上に立つて」講演する「文豪」であった。

漱石の小説の中には、しばしば「科学」が登場するのであるが、漱石と寅彦が生きた十九世紀末から二十世紀初頭は、科学史においては古典物理学から現代物理学に移行する激動の時代であった。それだけに、物理学者の寅彦はもとより、「科学」の素養が深かった漱石にとっても、実に〝面白い時代〟だったのである(102)。漱石は寅彦との「科学談義」を楽しみ、それを次々に作品の中に取り込んで行った。

漱石の作品の随所に、「寅彦」そのものや、その〝影〟が現われるのであるが、以下、その代表的な小説『吾輩は猫である』、『三四郎』そして『野分』の中の「寅彦」を見ることにしよう。

(一)『吾輩は猫である』

『猫』と登場人物

漱石の、小説家としての華々しいデビュー作である『猫』発表の顚末は、先述のように、掲載誌『ホトトギス』の発行者である高浜虚子(62)と著者である漱石(80)自身によって語られている。明治三十八(一九〇五)年一月一日発行の『ホトトギス』に掲載された時、『猫』は一

回読切の短篇であった。ところが発表されるや大変好評で反響が大きかった。

その反響に気をよくしたのか、漱石は一月一日付の野間真綱（一八七八―一九四五）宛の手紙（7）の中で「猫伝をほめてくれて有難いほめられると増長して続篇続々篇抔をかくきになる」と書いている。漱石は〝照れ隠し〟なのか、このすぐ後に「実は作者自身は少々鼻について厭気になつて居る所だ読んでもちつとも面白くない陳腐な恋人の顔を見る如く毫も感じが乗らない」と書いているのだが、実際は、翌月に「続篇」が、さらに（三）、（四）……と翌年八月の（十一）まで書き続けることになった。寅彦の「『猫』も最初の一回切りで止めるつもりだつたのに、あんまり評判が良いもので続けて居る中に、先生自分で面白くなつて了つたんだよ。」(20)という〝証言〟もある。

余談ながら、私はアインシュタインの熱烈なファンでもあるが、実は、アインシュタインと漱石との間には、極めて興味深い「時間的偶然」がある(103)。

いま述べたように、漱石を一躍「文壇の寵児」にし、以後、日本の大文豪への道を歩ませ始めた『猫』が発表されたのは一九〇五年である。アインシュタインが超有名人になるきっかけは「特殊相対性理論」であり、以後、ニュートンと並び称される大物理学者への道を歩み始めるのであるが、この「特殊相対性理論」が発表されたのも同じ一九〇五年なのである。実は、この年、アインシュタインは合計五つの超ノーベル賞級の論文を発表しており、「一九〇五

年」は物理学の世界では、「奇跡の年」と呼ばれているのである。

漱石とアインシュタインの熱烈なファンである私にとって「一九〇五年」はまさしく、記念すべき「奇跡の年」であった。

閑話休題。

本書では、以下、『全集』[104]に従って、これらを『猫（一）』『猫（二）』……と呼ぶことにする。

「吾輩は猫である。名前はまだ無い」で始まる『猫』には、主人公の「吾輩猫」のほかにさまざまな奇妙な人物が登場する。『猫（一）』の登場人物は登場順に「書生」、「おさん（女中）」、「主人」、「細君」、「美学者」であるが、実は「名前はまだ無い」のは「吾輩猫」だけではなく、これらの登場人物すべてにも「名前はまだ無い」のである。例えば、「主人」に「苦沙弥」という名前が付けられるのは『猫（三）』においてであるし、「美学者」に「迷亭」という名前が付けられるのは『猫（二）』においてである。

寒月、登場

いうまでもないが、「主人」は漱石自身がモデルである。

寅彦がモデルとされる「寒月」が登場するのは『猫（二）』である。

実は、大変興味深いことに『猫』の登場人物の中で、「主人」よりも誰よりも早く名前が付けられるのは、この「寒月」である（周知のように、「吾輩猫」は最後まで「名前は無い」）。次に登場の場面を引用するが、寒月は最初から名前を持っている。舞台は新年早々の「主人」の家である。

折柄門の格子がチリン、チリンチリ、、、ンと鳴る。大方来客であらう、来客なら下女が取次に出る。（中略）しばらくすると下女が来て寒月さんが御出《おいで》になりましたといふ。此寒月といふ男は矢張り主人の旧門下生であつたさうだが、今では学校を卒業して、何でも主人より立派になつて居るといふ話しである。此男がどういふ訳か、よく主人の所へ遊びに来る。来ると自分を恋《おも》つて居る女が有りさうな、無ささうな、世の中が面白さうな、詰らなさうな、凄い様な艶《つや》つぽい様な文句許り述べては帰る。主人の様なしなび懸けた人間を求めて態々《わざわざ》こんな話しをしに来るのからして合点が行かぬが、あの牡蠣的主人がそんな談話を聞いて時々相槌を打つのは猶《なほ》面白い。

この登場の場面だけを読んでも、漱石と寅彦の「師弟関係」を髣髴《ほうふつ》させる。いままで何度も紹介して来た寅彦の「日記」を別の角度から眺めるようである。この時の寒月の〝歯〟が面白い。

見ると今日は前歯が一枚欠けて居る。「君歯をどうかしたかね」と主人は問題を転じた。「えゝ実はある所で椎茸を食ひましてね」「何を食つたつて？」「其少し椎茸を食つたんで。椎茸の傘を前歯で噛み切らうとしたらぽろりと歯が欠けましたよ」「椎茸で前歯がかけるなんざ、何だか爺々《じじ》臭いね。俳句にはなるかも知れないが、恋にはならん様だな」と平手で吾輩の頭を軽く叩く。

いくら何でも「椎茸を食って前歯を欠く」なんて、いかにも「小説的」に思えるのだが、寅彦の明治三十八（一九〇五）年一月二日（つまり『猫（二）』が書かれた直前）の日記（66）に「椎茸を噛んで前歯一枚折る」と書かれている。

中谷宇吉郎が紹介する寅彦の談話（20）の中に「先生は全く世間の事には交渉がなく、小説の材料にはいつも困つて居られたらしい。来る者は極つて居るし、婦人の友達等は勿論無かつたし、それだもので僕等の一寸した事でも直ぐ書き止めて材料にされたものだ。」がある。また、『猫』の中で、自分が寒月のモデルにされたことを寅彦は「『猫』が初めて出た頃は、先生の所へは誰も行つて居る人は無し、僕位のものだつたのに僕が少し変つて居たもので到頭あんな事になつて了つたのさ。」（20）と述べている。

ところで、「寒月」という名前はどこから来ているのだろうか。漱石が、なぜ寅彦をモデルにした人物に「寒月」という名前を付けたのかはわからないが、五高時代に寅彦が漱石へ送った句稿の中に

寒月や撃柝《げきたく》ひゞく監獄署

という俳句があり、漱石は、この句に「◎」を付けている(49)。

また、寅彦の明治三十四（一九〇一）年二月三日の日記の中に

寒月や谷に渦巻く温泉《ゆ》の烟
寒月に腹鼓うつ狸哉
寒月や更けて者洗ふ台所

という三句が書かれている(38・49)。

漱石は「寒月や腹鼓うつ狸哉」あたりに寅彦のイメージを重ねたのかも知れない。『猫』第三章に「旧暦の歳《とし》の夜、山の狸が園遊会をやつて盛に舞踏します」が出て来るが、この話の元

は寅彦が提供したものである(105)。

ところで、「寒月」はどのような人物なのだろうか。

先述のように「主人の旧門下生」で「主人より立派になつて居る」という「理学士」である。それも並の理学士はなんかではない。「(寒月は)辱《かたじ》けなくも学問最高の府を第一位に卒業して毫も倦怠の念なく長州征伐時代の羽織の紐をぶら下げて、日夜団栗のスタビリチーを研究し、夫れでも猶《な》ほ満足する様子もなく、近々の中ロード、ケルギンを圧倒する程な大論文を発表し様としつゝある(傍点志村)」理学士なのである(『猫(四)』)。

ここに書かれている「団栗」は、『猫(三)』が掲載された『ホトトギス』(明治三十八年四月発行)に同時掲載された寅彦の随筆「団栗」(106)を題材にしている。漱石の同年三月十四日付の野村伝四(一八八〇―一九四八)宛の手紙(7)の中に「寅彦の団栗はちよつと面白く出来て居る」という文面がある。

また、「ロード、ケルギン」は十九世紀の物理学界を代表するイギリスのケルヴィン卿(本名ウイリアム・トムソン、一八二四―一九〇七)のことで、物理学のさまざまな分野で多大の功績をあげているが、特に有名なのは絶対温度の単位(K、ケルビン)にその名を遺していることである。漱石が英国に滞在していた頃は、イギリス王立協会の会長職にあったはずで、『猫』執筆時はまだ存命である。

長年物理学の分野で仕事をして来た私にいわせれば、寒月すなわち寅彦が「ケルヴィンを圧倒するような大論文を発表しようとしつつある」と描かれることは大変なことなのである。漱石にとって物理学は専門外ではあるが、漱石の天才的科学センスから、五高時代からの愛弟子・寅彦が物理学の分野で世界的な仕事をするであろうことを期待し、信じていたのだろう。事実、漱石の期待は外れなかったのである。

ちなみに、『猫』が書かれた頃の寅彦は弱冠二十七歳、東京帝国大学講師であった。

ここで、私が強調しておきたいことは、『猫』の登場人物の中で「寒月」は破格の扱いを受けていることである。

「首縊りの力学」

寒月が『猫』の中で演じる最高の見せ場は何といっても、主人の家で行う「首縊《くく》りの力学」と題する講演の稽古の場面（『猫（三）』）であろう。「理学協会で演説をする」という寒月は、その練習を主人と迷亭の前で行うのである。

場所は、迷亭が主人に無断で寒月を読んだ主人の家である。

「物理学の演説なんか僕にや分らん」と主人は少々迷亭の専断を憤《いきどお》つたもの丶如くに云ふ。「所が其問題がマグネ付けられたノツヅルに就て抔と云ふ乾燥無味なものぢやないんだ。首縊りの力学と云ふ脱俗超凡な演題なのだから傾聴する価値があるさ」「君は首を縊《くく》り損《そ》くなつた男だから傾聴するが好いが僕なんざあ……」

（傍点原文）

と迷亭と主人が話しているところに寒月がやって来て「演説」を始める。

寒月の長時間に及ぶ「演説」は「罪人を絞罪の刑に処すると云ふ事は重にアングロサクソン民族間に行はれた方法でありまして、夫より古代に遡つて考へますと……」という具合に始まり、「偖《さて》多角形に関する御存じの平均性理論によりますと、下の如く十二の方程式が立ちます $T_1 \cos\alpha_1 = T_2 \cos\alpha_2$……(1) $T_2 \cos\alpha_2 = T_3 \cos\alpha_3$……(2)……」と続いて行く。

実は、この「演説」の内容は物理学分野では一流の学術論文誌である“Philosophical Magazine”（フィロソフィカル・マガジン）（一八六六年）に掲載されたホウトンの論文「力学的および生理学的観点から考察した絞首刑について」[107]に忠実に基づいている。特に冒頭の導入部は原著論文の導入部の正確な訳文である。

この時の顛末を寅彦の「夏目漱石先生の追憶」[19]、日記[66]、と中谷宇吉郎の回想[108]から探ってみると以下のようになる。

明治三十八（一九〇五）年一月十三日、寅彦が図書館で古い『フィロソフィカル・マガジン』を何気なく調べていると、前記のホウトンの論文が目に留まった。題名に引かれて読んでみると、これが首縊りに関する真面目な研究論文だったので、早速、この論文のことを漱石に伝えた（寅彦の日記から判断すると翌日のように思われる）。漱石は大いに興味を持ち、寅彦に原本を借りて来てもらい、自分で読んですぐに『猫』に取り入れたのである。

私は、この論文と『猫』の該当部分を読み比べてみたが、それによると、漱石がこの数式に満ちた物理学の論文を実に正確に読んでいることがよくわかる。そして、漱石が、この「首縊りの力学」というような素材を小説の中に取り込む見事さに驚くのである。さらに、漱石がこの論文を寅彦に紹介されてから小説に書き上げるまでの時間が長く見積っても二ヶ月しかないことを思うと、漱石の理解力と速筆に脱帽せざるを得ないのである。寅彦は「夏目漱石先生の追憶」(19)の中で「高等学校時代に数学の得意であった先生は、こういうものを読んでもちゃんと理解するだけの素養をもっていたのである。文学者には異例であろうと思う。」と述べている。私自身、漱石の「素養」と、その「異例さ」を目の当りに見る思いであった。

余談ながら、このホウトンの論文が掲載された同じ『フィロソフィカル・マガジン』には、物理学の教科書には必ず登場するヘルムホルツ（一八二一―九四）自身の「熱力学」の論文も掲載されており、私の胸は思わず高鳴った。つまり、私は、このホウトンなる人物については

何も知らないのであるが、あの偉大なるヘルムホルツと同じ時期に、同じ学術誌に論文が掲載されるほどの一流の学者であることだけはわかるのである。したがって、この「首縊りの力学」の論文も一流の学術論文なのである。そのような物理学の学術論文の内容を漱石が正確に理解していたということである。

ところで、この場面冒頭、迷亭の言葉の中に出て来る「マグネ付ノッヅル」は、当時本多光太郎（一八七〇―一九五四）とマグネ（磁石）の実験をやっていた寅彦が漱石に話したものであろう。

「蛙の眼球の電動作用」

寒月と共に『猫』の中で重要な役割を演ずるのは美学者の迷亭である。迷亭なくしては『猫』は成り立たないといってもよいくらいだ。この迷亭のモデルは東大美学講座のケーベル（90・91）の後任で日本人初の教授となった大塚保治（一八六八―一九三一）という〝噂〟があるが、それについて漱石は、前掲の野間真綱宛の手紙（7）の中で「猫伝中の美学者は無論大塚の事ではない大塚はだれが見てもあんな人ぢやない。然し当人は気をまはしてさう思ふかも知れぬがそれは一向構はない。主人も僕とすれば僕他とすれば他どうでもなる。」と書いている。

この迷亭が主人の家で「奥さん蕎麦を食ふにも色々流儀がありますがね。初心の者に限つて

……」などといろいろ御託を並べながら蕎麦を食べる場面が『猫（六）』にある。
食べ終わる頃に寒月が「どう云ふ了見か此暑いのに御苦労にも冬帽を被《かぶ》つて両足を埃《ほこり》だら
けにして」訪ねて来る。そこに、寒月の「博士論文」についての、主人と迷亭と寒月の次のよ
うな会話がある。
「君の論文の問題は何とか云つたつけな」「蛙の眼球の電動作用に対する紫外光線の影響と
云ふのです」「そりや奇だね。流石《さすが》は寒月先生だ、蛙の眼球は振つているよ。どうだらう苦
沙弥君、論文脱稿前に其問題丈でも金田家へ報告して置いては」主人は迷亭の云ふ事には取
り合はないで「君そんな事が骨の折れる研究かね」と寒月君に聞く。「えゝ、中々複雑な問
題です、第一蛙の眼球のレンズの構造がそんな単簡なものではありませんからね。それで
色々実験もしなくちやなりませんが先づ丸い硝子《ガラス》の球をこしらへて夫からやらうと思つて居
ます」「硝子の球なんかガラス屋へ行けば訳ないぢやないか」「どうして――どうして」と寒
月先生少々反身《そりみ》になる。「元来円とか直線とか云ふのは幾何学的なもので、……」

こうして、寒月はガラス玉磨きのことを延々と話すのである。それをちゃかす主人と迷亭の
言葉が実に面白い。

この「蛙の眼球の電動作用に対する紫外光線の影響」の話も寅彦から漱石に提供されたものであった。しかし、この研究テーマ（?）自体は寅彦のものではなく、寅彦の弟子の高嶺俊夫のものである。すでに述べたように（一五五ページ）、ほんものの寅彦の博士論文のテーマは「尺八の音響学的研究」(89)である。

高嶺の「漱石と自分」(85)から引用してみよう。

漱石の小説のモデルに就いて色々と話している最中に木螺山人（寅彦師）は不図「君だって漱石の小説の材料に使われて居ますョ」と云われたので自分は驚いて「どこにですか」と反問した。其答が上記に抄録した猫の一節で、山人は「何、別段大した事ではない、君の実験に就て僕が漱石に好い加減な事を喋ったら漱石が夫れを使っただけの事です。」と微笑して居られた。

高嶺の回想によれば、大学院時代、高嶺が指導を受けた長岡半太郎は「梟のような鳥は夜でも眼が見えるのは何故か」という問題を考えていた。そして「紫外、赤外等の不可視光線が梟の眼に当ると蛍光か燐光作用を起すのだろう」と想像し、まず、いろいろな動物の眼に紫外線をあてて、その吸収のされ方を調べてみることになった。その実験を担当した一人が高嶺だった

のである。しかし、実際の実験対象は、人間、兎、牛、鯛などで、蛙については調べなかった。蛙は、実に漱石らしい脚色であった。

また、「ガラス玉磨き」の話も、出所は寅彦であるが、これは高嶺ではない。寅彦の先輩に大変な変り者がいた。この先輩は非常に熱心な実験家で、長い間、地下室の一隅に籠って、毎日、光学の実験に用いるガラスの平板を磨いていたので有名だった。その話を寅彦が漱石にしたのである。

寅彦はその時のことを「此の話が寒月の球磨きになるんだから、夏目先生は矢張り偉かった」と述懐している(108)。

高嶺もまた、

寒月（木螺山人）は漱石に絶えず其頃の理科大学での研究を話し漱石がそれ等を佳い材料として巧みに色々の小説に書き入れてあるのは周知の事で（中略）木螺山人の話では漱石は色々の人を材料にしてつきまぜてよく使って居ましたと談られた。

と述懐している(85)。

ところで、「蛙の眼球の……」の話には「時間的食い違い」がある。

実は、『猫（六）』が『ホトトギス』に掲載されたのは明治三十八（一九〇五）年十月であり、高嶺らが実際に「動物の眼に紫外線を当て実験」を行った時より四年も早いのである。つまり、寅彦の方が長岡らよりも先に、この実験を考えており、その趣向だけを漱石に話していたのかも知れない。これも驚くべきことである。

ヴァイオリン

寒月は『猫』の中でさまざまなキャラクターを演じるが、その寒月と切っても切り離せないのが「ヴァイオリン」（以下、引用文を除いてバイオリンと記述）である。寒月の影響か、主人も下手ながらバイオリンを嗜《たしな》む。『猫（一）』で、「元来此主人は何といつて人に勝れて出来る事もないが何にでもよく手を出したがる。俳句をやつてはほとゝぎすへ投書をしたり新体詩を明星へ出したり間違ひだらけの英文をかいたり時によると弓に凝つたり謡を習つたり又あるときはヴイオリン抔をブー〳〵鳴らしたりするが気の毒な事にはどれもこれも物になつて居らん。」と紹介されている。

『猫（十一）』には長い「バイオリン談義」があるが、その一部を以下に引用しよう。

「君はヴイオリンをいつ頃から始めたのかい。僕も少し習はうと思ふのだが、よつぽど六づかしいものださうだね」と東風君が寒月君に聞いて居る。

「うむ、一と通りなら誰にでも出来るさ」

「同じ芸術だから、詩歌に趣味のあるものは矢張り音楽の方でも上達が早いだらうと、ひそかに恃《たの》む所があるんだが、どうだらう」

「いゝだらう。君なら屹度《きつと》上手になるよ」

「君はいつ頃から始めたのかね」

「高等学校時代さ。――先生私しのヴイオリンを習ひ出した顚末《てんまつ》を御話しした事がありましたかね」

「いゝえ、まだ聞かない」

「高等学校時代に先生でもあつてやり出したのかい」

「なあに先生も何もありやしない。独習さ」

「全く天才だね」

「独習なら天才と限つた事もなかろう」と寒月君はつんとする。天才と云はれてつんとするのは寒月君丈だらう。

「そりや、どうでも、いゝが、どう云う風に独習したのか一寸聞かし玉へ。参考にしたいから」

「話してもいゝ。先生話しませうかね」
「あゝ話し玉へ」

寅彦が五高時代、田丸卓郎の感化でバイオリンを習い出した顛末はすでに詳しく述べた通りである。

また『猫（十一）』には、寒月がバイオリンを苦労して買う顛末が詳しく、また極めて小説的に語られるが、これも、関連する寅彦の「日記」に書かれたこと、つまり寅彦が漱石に話したであろうことに忠実に従っているのである。

(二)『三四郎』

『三四郎』と寅彦

漱石の小説の中のデビュー作は、小説家・夏目漱石のデビュー作でもある『猫』である。「寒月＝寅彦」のイメージが強烈なので、漱石の小説の中で寅彦がモデルとして使われた作品

としても、やはり印象が一番強いのは『猫』であろう。しかし、「漱石の小説への寅彦の関わり」という視点から考えれば、それが圧倒的に強いのは『三四郎』(109)であろうと思う。『三四郎』は明治四十一（一九〇八）年九月一日から同年十二月二十九日まで百十七回に渡って『東京朝日新聞』（『大阪朝日新聞』にもほぼ同時）に掲載された極めて高級な「青春小説」である。

漱石は、この小説について、「朝日新聞」の担当者だった渋川玄耳（一八七二―一九二六）宛の明治四十一年八月（？）の書簡(110)に書いた「予告文」草稿の中で

田舎の高等学校を卒業して東京の大学に這入つた三四郎が新らしい空気に触れる。さうして同輩だの先輩だの若い女だのに接触して、色々に動いて来る。手間《てま》は此空気のうちに是等の人間を放《はな》す丈である。あとは人物が勝手に泳いで、自《おの》づから波欄が出来るだらうと思ふ。さうかうしてゐるうちに読者も作者も此空気にかぶれて、是等の人間を知る様になる事と信ずる。もしかぶれ甲斐のしない空気で、知り栄《ばえ》のしない人間であつたら御互に不運と諦《あきら》めるより仕方がない。たゞ尋常である。摩訶不思議はかけない。

と述べている。

ちなみに、この『三四郎』は、続いて発表された『それから』、『門』と共に、いわゆる「三部作」を構成していることでも知られている。

この『三四郎』では、熊本から上京した文科大学生「小川三四郎」と勝気で美しい「里見美《み》禰子《ねこ》」との淡い恋を中心に話が展開するが、そこには当時の大学生の「レベル」、暮らしぶりが描かれ、また「広田先生」らを通じての「文明批判」も展開される。ここで重要な役割を演じるのが「文理融合」の実験物理学者「野々宮宗八」である。

この「野々宮さん」のモデルが寅彦であることは、この作品の発表当時から現在まで衆目の一致するところであり、定説にもなっている。もちろん、寅彦がそのまま「野々宮さん」であろうはずはないが、寅彦の「日記」などを傍証として、大筋において「野々宮さんのモデルは寅彦」と考えて問題ないだろう。

主人公の「三四郎」の場合はやや複雑である。

三四郎が「熊本の高等学校を卒業して東京帝大に入った」ことを考えると、これは寅彦のようである。しかし、三四郎の故郷は「福岡県京都郡真崎村」であり、これは小宮豊隆の故郷である福岡県京都郡犀川村に酷似している（京都郡真崎村は実在しない）。また、三四郎は文科学生であるが、寅彦は理科学生である。小宮は文科学生である。

漱石は、『三四郎』執筆開始直前の明治四十一（一九〇八）年七月三十日付の小宮豊隆宛の

手紙(110)に「明後日あたりから小説をかく。君や三重吉の手紙もことによつたら中へ使はうかと思ふ」と、また同日付の鈴木三重吉宛の手紙にも「小説をかゝなければならない。八月はうん〱と云つて暮す訳になるが、まあ命に別条がなければいゝがと私《ひそ》かに心配して居る。君の手紙や小宮の手紙を小説のうちに使はうかと思ふ。近頃は大分ずるくなつて何ぞといふと手近なものを種にしやうと云ふ癖が出来た。」と書いている。また、小宮自身、このへんの事情を「『三四郎』の材料」(111)に詳しく書いている。

　結論をいえば、『三四郎』も「手近なものを種」に「登場人物」を創作して書き上げられた小説だったのである。

　とはいえ、寅彦が小宮豊隆に宛てた明治四十二（一九〇九）年の、裏に「A Happy New Year 1909. T. Terada」と書かれた年賀状（消印一月一日）(9)に

　思ひ切つたハイカラの御年賀申上候。此れは多分原口君のデザインになりたるものと存じ候　美禰子嬢へも同様のを差出すつもり

　　三四郎様

と、はしゃいで書いていることを考えると、漱石門下生の間では、「三四郎のモデルは小宮豊

隆」と目されていたのかも知れない。しかし、私が『三四郎』を読む限り、寅彦は「野々宮さん」の中にはいうまでもなく、「三四郎」の中にもかなり入り込んでいるように思われる。ちなみに「原口君」は『三四郎』に登場する「画工《えかき》の原口」であり「美禰子嬢」はヒロインである。

「光線の圧力の実験」

上京後間もない夏のある日、三四郎が理科大学の〝穴倉〟（地下実験室）に野々宮を訪ねる場面がある。その〝穴倉〟の戸から顔を出した野々宮に対する三四郎の初対面の印象は「額《ひたい》の広《ひろ》い眼《め》の大きな仏教に縁のある相である。縮《ちゞみ》の襯衣《しやつ》の上へ背広《せびろ》を着てゐるが、背広《せびろ》は所々《ところ〴〵》に染《しみ》がある。背《せい》は頗る高い。瘠せてゐる所が暑さに釣り合つてゐる。」である。互いにぎこちない初対面の挨拶を交した後、野々宮は三四郎を自分の実験室に案内する。

部屋の中《なか》を見廻すと真中《まんなか》に大きな長い樫《かし》の机《テーブル》が置いてある。其上には何だか込み入つた、太《ふと》い針線《はりがね》だらけの器械が乗つかつて、其傍《わき》に大きな硝子《がらす》の鉢《はち》に水が入れてある。其外にやすりと小刀《ないふ》と襟飾《えりかざり》が一つ落ちてゐる。最後《さいご》に向《むかふ》の隅《すみ》を見ると、三尺位の花崗岩《（みかげいし）》の台の上に、福《ふく》

神漬《じんづけ》の缶《くわん》程な込み入つた器械が乗せてある。三四郎は此缶の横腹《よこつぱら》に開《あ》いてゐる二《ふた》つの穴に眼《め》をつけた。穴が蟒蛇《うはばみ》の眼玉《めだま》の様に光《ひか》つてゐる。野々宮君は笑ひながら光《ひか》るでせうと云つた。さうして、斯《〔こ〕》う云ふ説明をして呉れた。

「昼間《ひるま》のうちに、あんな準備をして置いて、夜《よる》になつて、交通其他の活動が鈍《にぶ》くなる頃に、此静かな暗い穴倉で、望遠鏡の中《なか》から、あの眼玉《めだま》の様なものを覗くのです。さうして光線の圧力を試験する。此年《ことし》の正月頃から取り掛つたが、装置が中々《なかなか》面倒なのでまだ思ふ様な結果が出て来《き》ません。（中略）」

三四郎は大いに驚ろいた。驚ろくと共に光線にどんな圧力があつて、其圧力がどんな役に立つんだか、全く要領を得るに苦しんだ。

（傍点原文、白丸傍点志村）

文科学生の三四郎が「光線の圧力の実験」について「全く要領を得るに苦し」むのも当然である。

ロシアの物理学者、レベデフ（一八六六―一九一二）が、マクスウエル（一八三一―七九）の「光の電磁波説」に示された「光の圧力」を初めて観測したのが一八九九年のことなのである。この『三四郎』が書かれたのは一九〇八年で、この時はすでにアインシュタイン(10)の「光の粒子説」（一九〇五年）が発表されてはいたが、当時はまだ「光の波動説」が主流であった。光

を「粒子」と考えれば「光の圧力」も考えやすいかも知れないが、「波」とすれば、「圧力」といわれてもピンと来ないかも知れない。

この「光の圧力」の話は後に、「西洋軒（精養軒）の会」の場面に登場する。出席者の一人である「田村といふ小説家」の「光線に圧力があるものか、あれば、どうして試験するか」という質問に野々宮さんが答えるのである。

雲母《マイカ》か何かで、十六武蔵《むさし》位の大きさの薄《うす》い円盤を作《つく》つて、水晶の糸《いと》で釣《つる》して、真空の中《うち》に置いて、此円盤の面《めん》へ弧光燈《アークくわうとう》の光《ひかり》を直角にあてると、此円盤が光《ひかり》に圧《お》されて動く。と云ふのである。

（中略）

「君、水晶の糸があるのか」と小《ちい》さな声で与次郎に聞いて見た。与次郎は頭《あたま》を振《ふ》つてゐる。

「野々宮さん、水晶の糸がありますか」

「えゝ、水晶の粉をね。酸水素吹管の焔《ほのほ》で溶かして置いて、かたまつた所を両方の手で、左右へ引つ張ると細《ほそ》い糸が出来るのです」

三四郎は「左《さ》うですか」と云つたぎり、引つ込んだ。今度は野々宮さんの隣にゐる縞の羽織の批評家が口を出した。

「我々はさう云ふ方面へ掛けると、全然無学なんですが、そんな試験を遣《や》つて見様と、始め何《ど》うして気が付《つ》いたものでせうな」

「始め気が付いたのは、何でも瑞典《〔スウエーデン〕》か何処《どこ》かの学者ですが。あの彗星の尾が、太陽の方へ引き付けられべき筈であるのに、出《で》るたびに何時《いつ》でも反対の方角に靡《なび》くのは変だと考へ出《だ》したのです。それから、もしや光《ひかり》の圧力で吹き飛ばされるんぢやなからうかと思ひ付いたのです」

（中略）

「……光線の圧力は半径の二乗に比例するが、引力の方は半径の三乗に比例するんだから、物が小《ちい》さくなればなる程引力の方が負けて、光線の圧力が強くなる。もし彗星の尾が非常に細かい小片《パーチクル》から出来てゐるとすれば、どうしても太陽とは反対の方へ吹き飛ばされる訳だ」

（傍点志村）

この「光線の圧力」の話を漱石に提供したのは寅彦である。その顚末を述べる前に、この引用文の中で私が傍点を付けた部分について説明しておきたい。

まず「水晶の糸」を作るところであるが、新聞に掲載された『三四郎』が翌年、単行本として出版された時には「かたまつた所を」が削除され、「……溶かして置いて、両方の……」と正しく改められている。

実は、現在の光通信に使われる光ファイバー（水晶の細い糸）は熔融した高純度の石英（水晶）を高速で引っ張ることによって製造されている。つまり、基本的に、ここで述べられている方法と全く同じ方法で作られているのであるが、〝ハイテク分野〟で長年仕事をしていた私は、『三四郎』のこの部分を読むまで、迂闊にも、光ファイバーを作る基本的技術がこんなに昔から確立していたとは知らなかった。

余談ながら、このような水晶の糸（光ファイバー）の作り方の基本原理は、カイコがシルク（絹糸）を作る時の原理と全く同じである(112)。

もう一点、「始め気が付いたのは……学者ですが。」の部分である。ここも、単行本では「理論上はマクスエル以来予想されてゐたのですが、それをレベデフといふ人が始めて実験で証明したのです。近頃あの……」に正しく改められている。ここで「瑞典《スウエーデン》か何処《どこ》かの学者」が削除され、「マクスエル」や「レベデフ」の名前が挿入されたのは寅彦の教示によるものである(113)。ちなみに、マクスエル（一般的にはマクスウエル）はイギリス人、レベデフはロシア人である。

さて、寅彦から「光線の圧力」の話が漱石に提供された顛末については中谷宇吉郎「『光線の圧力』の話」(113)や寅彦の「夏目漱石先生の追憶」(19)に詳しい。寅彦の「追憶」を以下に引用する。漱石の天才的理系センスを証明するエピソードである。

『虞美人草《ぐびじんそう》』を書いていた頃に、自分の研究をしている実験室を見せろと云われるので、一日学校へ案内して地下室の実験装置を見せて詳しい説明をした。その頃はちょうど弾丸の飛行している前後の気波をシュリーレン写真に撮ることをやっていた。「これを小説の中へ書くがいいか」と云われるので、それは少し困りますと云ったら、それなら何か他の実験の話をしろというので、偶然その頃読んでいたニコルスという学者の「光圧の測定」に関する実験の話をした。それをたった一遍聞いただけで、すっかり要領を呑込んで書いたのが「野々宮さん」の実験室の光景である。聞いただけで見たことのない実験がかなりリアルに描かれているのである。これも日本の文学者には珍しいと思う。

寅彦が「偶然その頃読んでいた」のは一九〇三年の学術誌に掲載されたニコルスとハルの「光圧の測定」に関する論文(114)で、その内容は、専門家にとっても決してやさしいものではない。寅彦が「追憶」するように、そのように〝決してやさしくはない〟話を一度聞いただけで、そのエッセンスを理解し、ただちに小説の中に取り入れた漱石には、ただただ驚くばかりである。その漱石の理解力を示す、寅彦の実験室を見学し「光線の圧力」の話を聞いた時のものと思われる次のような英文まじりのメモ（断片）が遺っている(84)。

Pressure of light proportional to the square of the radius (area)
Gravity proportional to the cube of the radius (mass)
∴　物小ナレバ小ナル程 light ノ pressure ガ強クナル、引力ガ負ケル、カラ light ニ吹キ飛バサレル。Comet ノ tail, sun ノ opposite direction ニアル訳
水晶ノ粉ヲ酸水素吹管　ノ焔デトカシテ〔＝挿入〕デ吹ク其カタマリヲ二ツ合セテ置イテ左右ニヒクト糸ガ出来ル
弧光燈ノ光

このメモが前掲の野々宮さんの説明の元になっているのは明らかである。

ところで、『三四郎』が「朝日新聞」に掲載開始される直前の八月十九日の寅彦の日記に「夏目先生を訪ふ。小説『三四郎』中に野ゝ宮理学士といふが大学にて銃丸の写真の実験をなせる箇所あり。改めて貰う」(66)と書かれている。つまり、寅彦の「追憶」に書かれた顚末とは若干異なり、草稿の段階では『三四郎』の中にシュリーレン写真を使った「弾丸飛行の実験」の話が取り込まれていたのであるが、寅彦の要求によって取り下げられ、「光線の圧力」の話に替えられたということにある。

ちなみに、この「弾丸飛行の実験」は、当時、工科大学におり、後に理化学研究所の所長になった大河内正敏（一八七八―一九五二）と共同で行っていた実験である。その時のことを、大河内は寺田寅彦を追悼する『思想』（寺田寅彦追悼号）に掲載された「寺田君の憶ひ出」(115)の中で懐かしく語っている。

寺田君と私とは毎夕暗くなると実験をやり出した。其熱心で飽きないのは驚く許りで、自分は何時もへと〳〵にくたびれて仕舞ふが、君は平気なものだ。さうして云ふことが面白い、本多君と一処に研究をしては体が続かない。朝から晩迄、夜を徹しても平気な人だからとてもかなはないと云ふ。上には上があるもんだと考へさせられた。

また、ここに登場する「本多君」は本多光太郎で、KS鋼、新KS鋼の発明者として世界的に知られ、東北大学金属材料研究所長、東北大学総長などを歴任した金属物理学者である。この本多光太郎が同じ「追悼号」に掲載された「想い出」(116)に

寺田君は私の親友で又共同研究者の一人である。（中略）寺田君と共に磁気の諸問題に付て研究した。又間歇泉の研究及び潤水、港湾の静振研究の為め本邦各地に出張して共に〳〵

楽しい時日を過したことは忘れられない。私は常に同君の創意と熱心な研究的態度に敬服して居た。特に同君の人格に付ては敬慕の念に堪へない。

と書いている。

私のような物理学のはるか後進の者が、こうして、日本の近代物理学史の中で燦然《さんぜん》と輝いている大河内や本多の「生の声」を読むと胸が躍る。

ところで、寅彦が大河内との共同研究である「弾丸飛行の実験」の話が『三四郎』の中に書かれることを「それは少し困ります」といい、「改めて貰」ったのは何故なのか。漱石は、その話をすでに書いていたのであるから、それをわざわざ改稿してもらうには、寅彦にそれ相当の理由があり、また、漱石がそれを理解したからであろう。

高田誠二は「その理由」を以下のように考察している(117)。

考えられる理由の第一は、自分が関与した実験だから小説でハデに扱われるのは恥ずかしいという、寺田のはにかみ気質。だが、彼はこの仕事に自信をもち、成果を英文(東京数学物理学会、その別刷は漱石山房蔵書目録に記載されている)、邦文(火兵学会)で発表したのみならず、もともと嫌いな新聞(この場合は「万朝報」)への記事掲載にさえ協力した(小林惟

司『寺田寅彦の生涯』)。寺田は、マッハ——日本では科学哲学者としての知名度が高いようだけれども、元来すぐれた実験物理学者であった——が息子と共に考案した高速運動体観察装置の新型のものを存分に活用し、新しい知見を得たのである。話題にされて「困」る理由はなかった。

理由の第二に考えられるのは、この研究が単独でなく工科大学の大河内正敏と協同でなされ、しかも装置の大半が工科の予算で購入され理科へ貸与されたという事情(雑誌「思想」、寺田追悼号)。この事態は、大河内も述べたとおり、寺田が「研究の機会を探すに機敏」だったことの例証であって、賞賛されてよいのだが、その実験の情景が小説で「理科の野々宮」すなわち外見的に寺田だけの仕事のような形で描かれるのは、確かに「少し困」ることだっただろう。

理由の第三はいわば水面下のものだが、物理学の先輩・長岡半太郎教授らへの気使い。一講師に過ぎない寺田が漱石の厚い知遇のもとに文芸作品「団栗」等や俳句を発表してきたのを、先輩たちは、直接に非難はしなかったにせよ、白い眼で見ていたかもしれない。彼等の眼には「弾丸実験　即　寺田・大河内」は見え見えだ。いろいろ「困」る予感はあったに違いない。

いずれも、まっとうな理由だと、私も思う。

いま述べた「光線の圧力」の野々宮の説明の後に、次のような場面が続く。漱石の鋭い「自然哲学」「科学論」が現われており、『三四郎』の中で、私が最も好きな場面の一つである。

広田先生が、斯《こ》んな事を云ふ。

「どうも物理学者は自然派ぢや駄目の様だね」

物理学者と自然派の二字は少なからず満場の興味を刺激した。

「それは何《ど》う云ふ意味ですか」と本人の野々宮さんが聞き出《だ》した。広田先生は説明しなければならなくなつた。

「だつて、光線の圧力を試験する為《ため》に、眼《め》丈明《あけ》て、自然を観察してゐたつて、駄目だからさ。彗星でも出《で》れば気が付く人もあるかも知れないが、それでなければ、自然の献立のうちに、光線の圧力といふ事実は印刷されてゐない様ぢやないか。だから人巧的に、水晶の糸だの、真空だの、雲母《マイカ》だのと云ふ装置をして、其圧力が物理学者の眼に見えるやうに仕掛けるのだらう。だから自然派ぢやないよ」

「然し浪漫《ローマン》派でもないだらう」と原口さんが交《ま》ぜ返《かへ》した。

「いや浪漫派だ」と広田先生が勿体らしく弁解した。「光線と、光線を受けるものとを、普

通の自然界に於ては見出せない様な位地関係に置く所が全く浪漫派ぢやないか」

「然し、一旦さういふ位地関係に置いた以上は、光線固有の圧力を観察する丈だから、それからあとは自然派でせう」と野々宮さんが云つた。

「すると、物理学者は浪漫的自然派ですね。文学の方で云ふと、イブセンの様なものぢやないか」と筋向ふの博士が比較を持《も》ち出した。

「左様、イブセンの劇は野々宮君と同じ位な装置があるが、其装置の下《した》に働らく人物は、光線の様に自然の法則に従つてゐるか疑はしい」是は縞《しま》の羽織の批評家の言葉であつた。

（傍点志村）


この広田先生の言葉はまさに、量子力学の立役者の一人であるハイゼンベルク（一九〇一―一九七六）が一九二七年に提唱する「不確定性原理」そのものである(92)。『三四郎』が漱石によって書かれたのは、何と、「不確定性原理」が提唱されるおよそ二十年も前のことである。私はここでも「漱石、畏《おそ》るべし」と驚嘆せざるを得ないのである。

この後、「浪漫派」と「自然派」をキーワードにした物理学的、文学的、また自然哲学的に極めて興味深い会話が続くのであるが、紙幅の都合上、割愛する。

私は、優れた文学者の漱石は「自然的浪漫派」であると同時に「浪漫的自然派」であったし、

優れた物理学者の寺田寅彦は「浪漫的自然派」であると同時に「自然的浪漫派」であったとつくづく思う。そして、優れた物理学者に求められる資質はいくつもあるが、私は何よりも「浪漫的自然派」であると同時に「自然的浪漫派」でなければならないと思う。

白い雲

さて、『三四郎』の中で「浪漫的自然」「自然的浪漫」を私に感じさせてくれるのが「白い雲」である。

三四郎が野々宮を初めて訪ねて、穴倉の実験を見学させてもらった日のことである。遅い午後、二人は連れ立って大学構内を歩いている。

青い空の静まり返つた、上皮《うはかは》に、白い薄雲《うすぐも》が刷毛先《はけさき》で掻き払つた痕《あと》の様に、筋違《すぢかひ》に長く浮いてゐる。

「あれを知つてますか」と云ふ。三四郎は仰いで半透明の雲を見た。

「あれは、みんな雪の粉ですよ。かうやつて下《した》から見ると、些《ちつ》とも動いて居ない。然し、あれで地上に起る颶風《〔ぐふう〕》以上の速力で動いてゐるんですよ。――君ラスキンを読みましたか」

三四郎は憮然として読まないと答へた。野々宮君はたゞ「さうですか」と云つた許りである。しばらくしてから、「此空《そら》を写生したら面白いですね。――原口にでも話してやらうかしら」と云つた。三四郎は無論原口と云ふ画工の名前を知らなかつた。

野々宮が三四郎に「読みましたか」と聞いた「ラスキン」は、十九世紀のイギリスの美術および社会批評家のジョン・ラスキン（一八一九―一九〇〇）で、主著『近世画家』には雲のことが詳しく解説されているのである。

次は「その年」の晩秋、広田先生の新居の掃除を頼まれた三四郎とヒロインの美禰子が二人で語り合う場面である。

やがて、箒を畳の上《うへ》へ抛《な》げ出して、裏の窓の所へ行つて、立つた儘外面《そと》を眺めてゐる。そのうち三四郎も拭《ふ》き終つた。濡れ雑巾を馬尻《ばけつ》の中《なか》へぼちやんと擲《たゝ》き込んで、美禰子の傍《そば》へ来《き》て、並《なら》んだ。

「何を見てゐるんです」

「中《あ》てゝ御覧なさい」

「鶏《とり》ですか」

「いゝえ」

「あの大きな木ですか」

「いゝえ」

「ぢや何を見てゐるんです。僕には分らない」

「私《わたくし》　先刻《さつき》からあの白い雲《くも》を見て居《お》りますの」

成程白い雲が大きな空《そら》を渡《わた》つてゐる。空《そら》は限《かぎ》りなく晴れて、どこ迄も青く澄《す》んでゐる上を、綿《わた》の光《ひか》つた様な濃《こ》い雲がしきりに飛んで行く。風の力が烈しいと見えて、雲の端《はし》が吹き散《ち》らされると、青《あを》い地《ぢ》が透《す》いて見える程に薄くなる。あるひは吹き散《ち》らされながら、塊《かた》まつて、白く柔らかな針《はり》を集めた様に、さゝくれ立《だ》つ。美禰子は其塊《かたまり》を指《ゆび》さして云つた。

「駝鳥〔だちよう〕の襟巻《ボーア》に似てゐるでせう」

三四郎はボーアと云ふ言葉を知らなかつた。それで知らないと云つた。美禰子は又、

「まあ」と云つたが、すぐ丁寧にボーアを説明してくれた。其時三四郎は、

「うん、あれなら知つとる」と云つた。さうして、あの白い雲はみんな雪の粉で、下から見てあの位に動く以上は、颶風〔ぐふう〕以上の速度でなくてはならないと、此間野々宮さんから聞いた通りを教へた。美禰子は、

「あらさう」と云ひながら三四郎を見たが、

「雪ぢや詰《つま》らないわね」と否定を許さぬ様な調子であつた。

「何故《なぜ》です」

「何故《なぜ》でも、雲は雲でなくつちや不可《いけ》ないわ。かうして遠くから眺めてゐる甲斐がないぢやありませんか」

「さうですか」

「さうですかつて、あなたは雪でも構はなくつて」

「あなたは高い所を見るのが好《すき》の様ですな」

「えゝ」

美禰子は竹の格子の中《なか》から、まだ空《そら》を眺めてゐる。白い雲はあとから、あとから、飛んで来《く》る。


この場面は「雲は雲でなくつちや不可ないわ」というヒロイン・美禰子の性格の一端が現われていて大変面白い。

高層にある雪の粉（氷晶）が颶風（強烈な風）に流されてできる雲は巻雲である(118)。この〝刷毛《はけ》ではいたような〟巻雲の話を漱石に教えたのはいうまでもなく寅彦であろう。

寅彦の「専門」の一つは地球物理学であり、寅彦は「高層気象」についても詳しい(119)。また、寅彦は、大正八(一九一九)年十一月、国民美術協会主催の美術講演会で「雲の話」と題する講演(118)をしているくらいだから、当然「雲」についても詳しい。

この講演は

何か美術に関係のあることをお話しするようにということでございましたが、私は元来専門違いの方でありまして、美術については不案内の方でありますけれども、せっかくのご依頼でありましたから、雲のことでも少しばかりお話ししてみようと思います。何か多少でもご参考になることがあれば結構であります。(傍点志村)

と始まるのであるが、物理学的に極めて専門的な雲の話に満ちている。多分、専門違いであろう美術関係者に、寅彦先生はよくこれだけ専門的な雲の話をしたものだと私は苦笑せざるを得ない。しかし、さすがに後半には古今東西の美術家やさまざまな形状の雲の写真が登場し、聴いていて誠に楽しい講演であったであろうことが窺える。

余談だが、東大で寺田寅彦の授業を直接受けた、私の師の師である上田良二先生(「まえがき」参照)から「寺田先生の講義は、声が小さくボソボソしていて、ちっとも面白くなかっ

た」と伺ったことがある。大学の講義は面白くなくても、大学の外での講演は面白かったのかも知れない。漱石の愛弟子であった寅彦は、漱石と同じように「授業嫌い」だったのだろうか。ちなみに、上田良二は「まえがき」に述べた西川正治の弟子（助手）であり、電子線回折、電子顕微鏡の分野で世界的な業績を遺した物理学者である。

閑話休題。

実は、寅彦の講演「雲の話」の中に、野々宮さんが三四郎に「読みましたか」と聞いた「ラスキン」が登場するのである。その部分を引用してみよう。

文学でも雲の美しさや壮大な趣を表わすことが出来るでしょうが、何と云ってもやはりこの絵画が一番、雲の色とか、形とか、そういうものを直接に表わすに適しているだろうと思います。古来雲を画いたものの数は捜せばいくらでもありましょう。例えばラスキンの『近代画家』を見ましても第一巻と第三巻目とに、雲に関したことが大分長たらしく書いてあります。一体ラスキンは極端にターナーを賞揚して外の人をけなす方だから、ターナーの雲をほめると同時に、外の人の雲の画き方は皆間違っていると云ってひどくけなしていますが、あれは少し極端と思います。

つまり、寅彦も野々宮さんと同様に「ラスキン」に詳しいのである。

ところで、野々宮さんが話す「ラスキン」も、寅彦が漱石に教えたものだろうか。

東北大の「漱石文庫」には『近代画家』の原書である“Modern Painters”全六巻が保管されており、これらには漱石自身の手になる書き込みや下線が入れられているので漱石がこの本を、多分英国留学時代に読んだのは間違いない。この本が漱石に与えた影響は『坊っちゃん』(23)の

「あの松を見給へ、幹が真直で、上が傘の様に開いてターナーの画にありさうだね」と赤シヤツが野だに云ふと、野だは「全くターナーですね。どうもあの曲り具合つたらありませんね。ターナーそつくりですよ」と心得顔である。(中略)すると野だがどうです教頭、是からあの島をターナー島と名づけ様ぢやありませんかと余計な発議をした。


という場面を読んでも明らかであろう。

また、明治三十(一八九七)年代初め(寅彦が五高を卒業して理科大学に入学する頃)に、幸田露伴、島崎藤村(一八七二―一九四三)、子規ら多くの文人が「雲」について書いているが、これはちょうどこの頃、ラスキンの本が出回ったことが関係していると思われる(120)。

これらのことを総合的に考えれば、「ラスキン」は漱石から寅彦へ伝わったとするのが妥当

であろう。つまり「野々宮さん」の中には、漱石自身も取り込まれているのである。
余談ながら、山村暮鳥の『雲』という詩集(121)の中に

「雲」

丘の上で
としよりと
こどもと
うつとりと雲を
ながめてゐる

おなじく

おうい雲よ
ゆうゆうと
馬鹿にのんきそうぢやないか

どこまでゆくんだ
ずつと磐城平《いわきたひら》の方までゆくんか

「ある時」

雲もまた自分のようだ
自分のように
すつかり途方にくれてゐるのだ
あまりにあまりにひろすぎる
涯《はて》のない蒼空なので
おう老子よ
こんなときだ
にこにことして
ひよつこりとでてきませんか

という、いかにも「悠々」とした「のんき」そうな詩がある。

さまざまな自然現象の中でも、古今東西、「雲」は特別の叙情を誘うものらしい。
閑話休題。

(三)『野　分』

白井道也先生

白井《しらい》道也《どうや》は文学者である。

これは、漱石が『ホトトギス』明治四十（一九〇七）年一月号に書いた小説『野分』(122)の書き出しである。『野分』を書いた後、漱石は「朝日新聞」に入社し、それ以降は「新聞小説」を書くことになるから、『野分』は「読者層」や「新聞の売れ行き」を考えないで書いた最後の小説といえる。そういう意味でも、私は、「漱石の小説」の中で、『野分』は『猫』と共に重要な意味を持つものだと思っている。私個人の趣味からいっても、物語性、内容の点で

『野分』は「漱石の小説」の中で一番好きな作品である。それは、「漱石の小説」の主人公あるいは登場人物の中で一番敬愛するのが「白井道也先生」でもあるからだ。

白井道也先生は、漱石の分身と思しき、凜とし、超然とした真の教養人である。この白井道也先生が『野分』の中で、数々の、惚れ惚れするような言葉を語るのである。

趣味

白井先生は、「文明開化」後の日本に瀰漫《びまん》した「金満主義」「物質主義」[123]に憤懣《ふんまん》やる方ならず、文明ならず文化の重要性を随所に強調している。その白井先生の思想は、自分が編輯《へんしゅう》者を務める『紅湖雑誌』に書いた「解脱と拘泥」という論文に凝集されている。この「解脱と拘泥」のほぼ全文は漱石の明治三十九（一九〇六）年の「断片」[84]に書かれているものと同じである。白井先生は、まさに、漱石の〝分身〟なのである。白井先生（漱石）は「解脱と拘泥」（『野分』のエッセンスは、この中に集約されている）の中で、〝趣味〟について次のように語る。

趣味は人間に大切なものである。楽器を壊《こぼ》つものは社会から音楽を奪ふ点に於て罪人である。書物を焼くものは社会から学問を奪ふ点に於て罪人である。趣味を崩すものは社会其物

を覆へす点に於て刑法の罪人よりも甚しき罪人である。音楽はなくとも吾人は生きて居る、学問がなくても吾人はいきて居る。趣味がなくても生きて居られるかも知れぬ。然し趣味は生活の全体に渉《わた》る社会の根本要素である。之《こ》れなくして生きんとするは野に入つて虎と共に生きんとすると一般である。

（傍点志村）

漱石は「いったい芸事でも何でも、へたじょうずはともかくとして、やりかけるとなかなか熱心にやるほう」(88)であり、多趣味の人間だったので、日常生活の中で「趣味」を重視していたことは理解に難くない。しかし「趣味」が「生活の全体に渉る社会の根本要素」とまでいわれるといささか恐れ入る。私自身も、かなりの多趣味人間であることを自認しているが、私の場合、「趣味」はせいぜい「私生活全体に渉る根本要素」と思う程度である。

さらに、漱石が「音楽」を「書物」と並べるほど高く評価し、「生活の全体に渉る社会の根本要素」と位置付けていたのはいささか意外である。これが書かれる五年前、漱石は留学先のロンドンから寅彦へ「小生に音楽抔はちとも分らん」(7)と書き送っていたのである。

漱石の「音楽観」をこのように変化させたのは何だったのだろうか。

それは明らかであろう。

前章で述べたように、漱石は寅彦の感化を受けたのである。

感性の鋭い漱石は、寅彦に誘われて何度か音楽会に通っているうちに、文字通り、音楽の琴線に触れたのであろう。

「慈善音楽会」

『野分』の主な登場人物は、いま述べた漱石の分身である白井道也先生と二人の青年、中野輝一、高柳周作の三人である。中野と高柳は共に同じ大学を卒業した文学士（知的エリート）である。中野は金持で、婚約者もいて、クラシック音楽が好きで、コンサートにもしばしば通っている。一方の高柳は貧乏で孤独感が強く、軽い肺病持ちである。高柳と白井先生との関係は「訳あり」であるが高柳は白井先生を尊敬している。

このように相反する境遇にあって互いに異質な中野と高柳の二人が友人関係にあるのは不思議なのであるが、ある時、奏楽堂で開かれる「慈善音楽会」に行くことになる。余分な切符を一枚持っていた中野が高柳を強引に誘ったのである。高柳にとってコンサートに行くのは生まれて初めての経験であった。

この「慈善音楽会」は、第二章一五七ページで紹介した寅彦の明治三十九（一九〇六）年十月二十八日の日記に見られる上野音楽学校奏楽堂で開かれた「明治音楽会演奏会」のことであ

る。『野分』の「慈善音楽会」の曲目は、実際の音楽会の曲目とほぼそのまま同じになっている。漱石は寅彦と一緒に聴きに行ったコンサートを『野分』の材料に使ったのである。『野分』が掲載された『ホトトギス』の発行は、実際にコンサートを聴いた二ヶ月後である。

漱石は、当時、「上流階級」が頻繁に開いていたという、この「慈善音楽会」の会場である上野・奏楽堂が、日本の外発的かつ皮相的な「文明開化」(123)の象徴であった鹿鳴館もどきの華やかな社交場であったことを「鹿鳴館もどきの華やかな聴衆」を配置することで描き出している。

このような場所に引っ張り出された高柳青年が「霞に酔ふた人の様にぽうつと」するのも「自分は矢張り異種類の動物のなかに一人坊っちで居つた」と感じるのも無理はない。この時の高柳青年は、そのまま、寅彦と一緒に「音楽会」へ行った時の漱石だったかも知れないし、あるいはかつてロンドン留学時代、ロイヤル・アルバート・ホールへ行った時（一五四ページ参照）の漱石だったのかも知れない。

それでも「曲は静かなる自然と、静かなる人間のうちに、快よく進行」し、高柳青年は「何だか広い原に只一人立つて、遥かの向ふから熟柿の様な色の暖かい太陽が、のつと上つてくる心持ちがする」（傍点志村）のである。この「のつと」は、思わず大きく暖かなものに接して、心の和らぎが得られたような気分をいう時に使う言葉である。

つまり、「音楽」は、高柳青年を広い野原にただ一人で立っているような、自由な気持にさせ、桃源郷に招いてくれたのである。そして、高柳青年は「小供のうちはこんな感じがよくあつた。今は何故かう窮屈になつたらう。右を見ても左を見ても人は吾を擯斥《ひんせき》して居る様に見える。」と考える。

高柳青年は「慈善音楽会」の「音楽」を通して大いなる「自由」を感じていた。この「自由」こそ、まさに、白井道也先生がいうところの「趣味」の極致であろう。

また、漱石が「上流階級」の中野青年にも「絢爛たる空気の振動を鼓膜に聞」かせ「声にも色があると嬉しく感じ」（傍点志村）させていることに、私は注目したい。

以下、多少、余談ではある。

私は中学校の修学旅行で京都・奈良へ行って以来、仏教建築や仏像を眺めたり、調べたりするのが大好きで(124)、いまでも、「道楽研究」のテーマの一つが瓦の「人間国宝」小林章男氏と一緒に行っている「古代瓦」であることから、一年に数回は京都や奈良へ行き、古寺や仏像を訪ねている。

無数にある仏像（もちろん、私が実際に見ている仏像の数は知れたものであるが）の中で、私が特に好きな仏像の一つは法隆寺の百済観音立像である。通常の仏像とはいささか異形の、像高二メートルを超える長身痩躯の美しい仏像である。私は、いつも見るたびに、この百済観音立

像にはうっとりとさせられる。部分的には、水瓶をつまむ左手の指の先が絶妙の美しさである。
通常、仏像は正面だけから見られるものであるが、百済観音立像は明らかに、正面だけではなく横や斜めからも見られることを意識して作られていると思う。この像が新しく建てられた百済観音堂に納められるようになってからはほぼ三六〇度の角度から眺められるが、私は、とりわけ、左四五度から眺めた姿が好きである。

ところで、この「観音」という言葉、よく考えてみると奇妙である。〝音を観る〟というのである。音は聞く、あるいは聴くものではないか。実は、この「観音」はサンスクリット語の“Avalokiteśvara”を意訳したもので、“avalokita”（見る、観る）と“svara”（音声、音響）という二つの単語から成っている。つまり、原語の意味も、文字通り〝音を観る〟なのである。

日本で使われている仏教用語は、そのほとんどがサンスクリット語やパーリー語から漢訳されたものであるが、漢訳には〝意訳〟と〝音訳（音写）〟の二種類がある。例えば「阿弥陀」は“Amita”（無限の）の音訳（音写）である。したがって、音訳の場合の漢字には特別の意味はない。

ところが、百済観音の「観音」は意訳の典型なので、その漢字には意味がある。悟りを開けるような段階になると、音も〝観える〟ようになるのかも知れない。また、友人のピアニストに聞いた話では、音楽家というのは一般に、音が観えるものらしい。音の色や表情が〝観え

る〟というのである。私には、残念ながら、そのような実体験はないが、感覚的にはよくわかる話である。

漱石がクラシック音楽に引き込まれたきっかけは寅彦の感化であったであろう。しかし、さすがに感性鋭い漱石は、物理的には空気の振動に過ぎない無機的な音にも色があることを嬉しく感じていたのである。

漱石が「音楽」に「趣味」の極致である「自由」を感じ、また「色」を見出したのは、生の演奏が、それだけ強烈な印象を漱石に与えたということだろう。そこにも、愛弟子・寅彦がいたのである。

第四章

寅彦の物理の中の漱石

寅彦の「専門」

人間・寺田寅彦の直接的な「師」は一五八ページの「漱石・寅彦人脈相関図」で示したように夏目漱石と田丸卓郎である。

寅彦が物理学者として出発した時の師はいうまでもなく物理学者の田丸卓郎であった。すでに縷々《るる》述べたように、中学時代から科学者になろうと思っていた寅彦を物理学者への道へ導いたのは熊本五高時代の田丸だった。奇しくも、田丸は東京帝大理科大学でも寅彦を指導することになった。そして、寅彦は二十六歳で東京帝大講師になった明治三十七（一九〇四）年から昭和十（一九三五）年に五十七歳で没するまでに二百六十九報（うち五十八報は和文、他は欧文）の学術論文を書いている(125)。

これらの学術論文が扱う分野は後述するように実に多彩であるが、大まかに「(純)物理学」、「音響学」、「応用物理学」、「地球物理学」の四つの枠に分類し、それらを年次別にまとめてみると図3(126)のようになる。

それぞれの「枠」には若干の説明が必要であろう。

寅彦の物理学（いわゆる「寺田物理学」）は「正統」「本流」を自認する「物理学者」から「趣

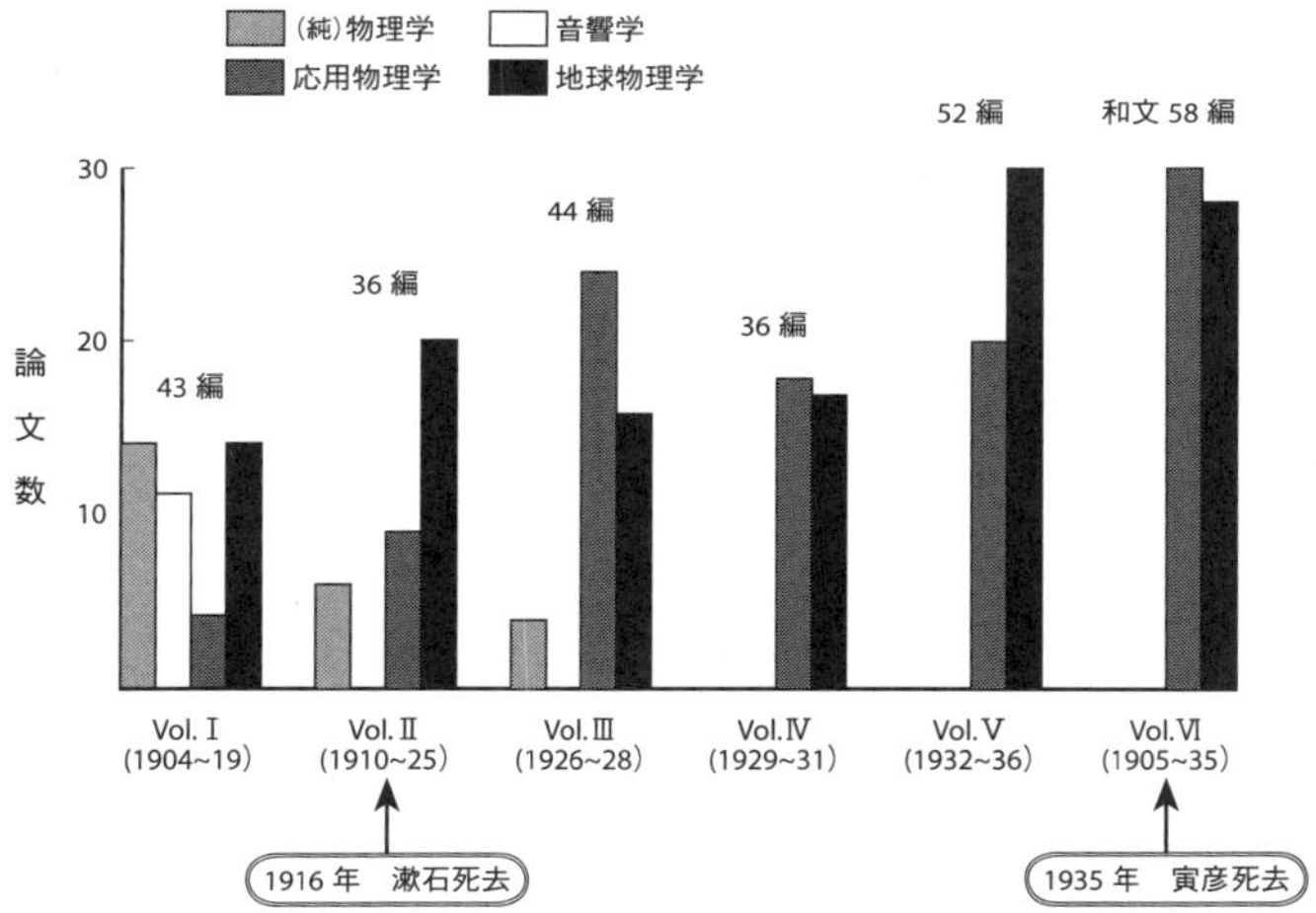

図 3　寺田寅彦学術論文の年次別分類
(Vol. Ⅰ～Ⅴは "Scientific Papers by Torahiko Terada, 6Vds." Iwanami Shoten, 1936-1939 の巻数。「和文」以外はすべて英文あるいは独文。参考文献(126)より一部改変)

味の物理学」「小屋掛け物理学」などと揶揄《やゆ》されるのであるが(127)、彼らも躊躇なく〝物理学〟と認めるであろう物理学が「(純)物理学」である。この枠の中には、「強磁性体の磁化歪みと弾性率の研究」や一一ページでも触れた、ノーベル賞級の研究であり、大正六(一九一七)年の「学士院恩賜賞」の受賞に結び付いた「ラウエ斑点の研究」などが含まれる。

また「音響学」は、田丸の影響を強く受けた寅彦の初期の研究対象の一つであり、一五五ページでも触れたように、寅彦の理学博士論文のテーマは「尺八の音響学的研究」であった。

次の「応用物理学」はややあいまい

な言葉である。「応用物理学」は「物理学の応用」すなわち「工学」ではない。「応用物理学」はあくまでも物理学であり「現実の問題、ナマの現象に取り組む物理学」(126)である。あるいは「等身大の物理学」(127)といってもよいだろう。この意味での「応用物理学」こそが、まさしく「寺田物理学」の真髄であり、寅彦の本領が発揮される分野でもある。

寅彦は「物理学の応用」(128)と題する随筆で

> 物理学は基礎科学の一つであるから応用の広いのは怪しむに足らぬ。生命とか精神とかいうものを除いたいわゆる物質を取扱って何事かしようという時にはすぐに物理学的の問題に逢着《ほうちゃく》する。吾人《ごじん》が日常坐臥の間に行っている事でも細かに観察してみると、面白い物理学応用の実例はいくらでもある。ただそれらは習慣のためにほとんど常識的になっているので、それと気が付かないだけである。例えば台所における物理学の応用だけでも、一々列挙すれば一冊の書物が出来ようと思う。
>
> 純粋な科学の各種の方面でも物理学を応用しあるいは物理学の研究方法を転用する事が盛んになる。天文、気象、地質、海洋等に関する自然科学研究に物理学応用の発達して行くのはむしろ当然の事であろうが、普通の意味における物質とはよほど縁の遠い生理学や心理学にまでもだんだん応用が開けて行くようである。

（中略）

また物理学を修めて後各種の実務に従事する人は、物理学は単に机上の学問ではなくて、到る処に活用の途のある学問だという事を忘れず、新しい応用方面の開拓に尽力されたいものである。

（傍点志村）

とおよそ百年前に述べている。

寅彦の「物理」や随筆の中で「台所における物理学の応用」の例は枚挙に遑《いとま》がないのであるが、ここで一例として「茶碗の湯」[129]を紹介しておきたい。いかにも寅彦らしい随筆の一つであり、私はこれを読むたびに「茶碗一つから、よくこれだけのことが書けるものだなあ」と感心するのである。

ここに茶碗が一つあります。中には熱い湯が一ぱい這入《はい》っております。ただそれだけでは何の面白味もなく不思議もないようですが、よく気をつけて見ていると、だんだんに色々の微細なことが目につき、さまざまの疑問が起って来るはずです。ただ一ぱいのこの湯でも、自然の現象を観察し研究することの好きな人には、なかなか面白い見物《みもの》です。

で書き始められるこの随筆は、自然現象に関する〝色々の微細なこと〟や〝さまざまの疑問〟に触れている。私は〝自然の現象を観察し研究することの好きな人〟の一人なのであるが、〝茶碗の湯〟はまさに〝面白い見物《みもの》〟である。

第一に、湯の面からは白い湯気が立っています。これはいうまでもなく、熱い水蒸気が冷えて、小さな滴《しずく》になったのが無数に群がっているので、ちょうど雲や霧と同じようなものです。この茶碗を、縁側の日向《ひなた》へ持ち出して、日光を湯気にあて、向う側に黒い布でもおいてすかして見ると、滴の、粒の大きいのはちらちらと目に見えます。場合により、粒があまり大きくないときには、日光にすかして見ると、湯気の中に、虹《にじ》のような、赤や青の色がついています。これは白い薄雲が月にかかったときに見えるのと似たようなものです。

という具合に、茶碗から立ち上《のぼ》る湯気に関係する〝物理〟が次々に展開され、最後は、これがもういっそう大仕掛けになって、例えばアジア大陸と太平洋との間に起るとそれがいわゆる季節風《モンスーン》で、われわれが冬期に受ける北西の風と、夏期の南がかった風になるのです。

茶碗の湯のお話は、すればまだいくらでもありますが、今度はこれくらいにしておきま

しょう。

と気象、気候の話にまで至って終るのである。

つまり、この一編の「茶碗の湯」の中には、水に関わるミクロ的現象から気候に至るマクロ的現象までが実に巧みに織り込まれており、この随筆を読むだけでも「水」についての、ひいては〝物理学〟に対する興味が拡がって行くに違いない(130)。

実は、この「茶碗の湯」が掲載されたのは、童話童謡雑誌の『赤い鳥』である。このような随筆を読んだ〝少年少女〟はどれだけ自然現象や〝物理学〟(もちろん、そんな言葉は知らずに)に興味を拡げて行ったことだろうか。

この「茶碗の湯」をここで取り上げるにあたり、寅彦先生令嬢・関弥生さんからいただいたお手紙の一部を、ご本人の許しを得て以下に紹介したい。

あれは大正十一年『赤い鳥』に八條年也というペンネームで書かれたものです。私が十歳の時で、読んだか、読んで理解出来たかわかりません。何故『赤い鳥』に書いたかといいますと、『赤い鳥』は鈴木三重吉氏が出された雑誌で、漱石門下ということで創刊号からずっと寄贈していただいて、子供達は毎号届くのを楽しみにしていました。こういう訳で、きっと

鈴木氏に頼まれて書いたのだと思います。

また「物理学の応用」の中に述べられる「物質とはよほど縁の遠い生理学や心理学にまでも」の「心理学」について簡単に触れておこう。

最近、「心を物理学で解明」(131)や「物理学を心に応用する」(132)などの試みが現実に行われるようになっているが、寅彦はそのようなことが本当に現実になると思っていたのであろうか。私は、百年も前にそのようなことを述べていた寅彦の〝先見の明〟にも驚かざるを得ないのである。

さて、「応用物理学」に続いて最後の枠とした「地球物理学」も「応用物理学」の一分野ではあるが、寅彦が東京帝大に新設される「地球物理学講座」の要員としてドイツに留学して帰国した明治四十四（一九一一）年以降、生涯、この分野の研究、発展に寄与したので別枠とされた(126)。

私がいま思い付くだけでも、寺田寅彦が関係した物理学・科学の分野はX線結晶学、音響学、磁場・磁性学、流体力学、気象学、地球物理学、水産海洋学、統計物理学、災害物理学、自然科学哲学などなどの「学」から、「割れ目」、「キリンの斑模様」、「風紋と砂丘」、「金米糖」などなどの「研究」が挙げられる。

結局、もし、私が「寺田寅彦の専門は何か、寺田寅彦はいかなる人物か」と問われれば、私は〝文学者〟としての寅彦を加味した上で、簡潔に「寺田寅彦は〝寺田物理学者〟である」と答えるほかないのである。

寺田寅彦は「(純)物理学者」として出発し、「寺田物理学者」として五十七年の生涯を終えるのであるが、この「(純)物理学者」から「寺田物理学者」への〝転身〟の大きな契機となったのが〝漱石の死〟であったろうと私は確信する。

寺田寅彦の物理学(つまり〝寺田物理学〟)の全貌および具体的な業績の内容については巻末に掲げる参考文献(125〜127)や寅彦の「科学随筆」(133・134)などを読んでいただくとして、私はここで〝寺田物理学〟について一点だけ強調しておきたい。

寺田寅彦が拓いた、あるいは先鞭を付けた科学分野は少なくないが、当時、その多くは特別の注目を浴びることはなかった。一言でいえば、時期尚早で、周囲の人間が寅彦の感覚に追い付けなかったからである。

しかし、現在、よく考えてみれば、「趣味の物理学」と揶揄された〝寺田物理学〟が七十年以上も前に提唱していたことが基盤となっている現在の最先端科学分野は少なくないのである。それらは、一括して「複雑系の科学」、「ランダム系の物理学」(135)あるいは「散逸構造・カオス」(136)などと呼ばれている。

漱石の死の影響

熊本五高時代以来、寅彦が敬愛し続けた師の漱石が他界したのは大正五（一九一六）年十二月九日であった。享年四十九歳。熊本五高生以来、約二十年間に及ぶ現世での師弟関係の終焉である。

敬愛し続けた師・漱石の死は、寅彦の後の生涯に極めて大きな影響を与えた。〝漱石の死〟が寅彦に与えた悲愴な衝撃は、漱石の死から一ヶ月後の翌年一月十日に書かれた、友人・桑木彧雄宛のすでに紹介した書簡に如実に現われている。その手紙は「拝復　御手紙難有拝見致候」で始まるので、桑木の〝漱石の死〟で意気消沈する寅彦を慰謝《いしゃ》する手紙に対する返信だったのであろう。ここに、もう一度、引用してみたい（9）。

夏目先生が亡くなられてからもう何処へも遊びに（純粋な意味で）行く処がなくなりました、小弟の廿才頃から今日迄の廿年間の生涯から夏目先生を引き去つたと考へると残つたものは木か石のような者になるように思ひます、

漱石がこの世を去る大正五年の前から、哲学や科学の基礎論に対する寅彦の興味が増しつつあったことは、当時の寅彦の日記や書簡などから、また「伝記」(55)によっても明らかである。この頃、寅彦はマッハ、ベルクソン、ポアンカレ、カントなどの著作を盛んに読んでいた。寅彦の哲学的関心に基づく『物理学の基礎』と題する本の執筆が計画されたのも、この頃である。そのような寅彦の〝転身〟の〝引き金(トリガー)〟になったのが〝漱石の死〟であった。

先述のように、漱石が〝帰らぬ人〟となったのは大正五年十二月九日である。

ちょうどその頃、漱石と同じ胃潰瘍に苦しみ病臥中だった寅彦は、容体が悪化し危篤状態に陥りつつあった漱石を見舞うことができず、臨終にも合えなかった。十二月九日の日記に寅彦は「岩波より使あり先生六時四十分逝去の由なり。(中略)朝日記者夏目先生の事を聞きに来たれど臥床中故会はず」(137)と書いている。寅彦は十二月十二日に青山斎場で行われた漱石の葬儀に列することもできなかった。寅彦は、まさに〝断腸の思い〟であったろう。前日の十二月十一日の夜九時頃、小宮豊隆が寅彦を訪ね、「門人代表としての弔詞」を認《したた》めよと頼んだが、寅彦はそれを断った。とても「弔詞」を認められるほど冷静ではなかったのであろう。

寅彦はかろうじて十二月二十八日の遺骨埋葬に列席できただけである。寅彦は、その日の日記に「正午より雑司谷墓地に赴き夏目先生の遺骨埋葬に臨む。木枯寒し《こがらし》。」と書いている。敬愛し続けた師を失った病身の寅彦にとっては、まさに身に沁みる寒さだったに違いない。

そして、その埋葬の日の二日後の十二月三十日、

　　朝新著起稿、「物理学の基礎」と題する積り

と寅彦は日記に書いた。

これは、漱石の死後、鬱《ふさ》ぎ込んでいた寅彦が、その気持を吹っ切るための「宣言」であった。先述のように、数年来『物理学の基礎』の執筆は念頭にあったのであるが、寅彦はそれに踏み切れないままでいた。〝漱石の死〟が、寅彦を踏み切らせた。

しかし、寅彦の、この〝踏み切り〟は先に紹介した桑木宛の手紙の中には触れられていない。寅彦の心中を察するに、この『物理学の基礎』の執筆は、自分を本当に理解し、励ましてくれた敬愛する恩師・漱石への追善の気持を込めた、そして自分だけに秘めた決意だったのかも知れない。寅彦は、そこに「漱石との間で幾度も話題にし、しかも自分としては語り尽くせなかった心残の論題」(138)を書きたかったのだろうと思う。

さて、寅彦は先に引用した桑木宛の手紙の中で、漱石亡き後、「純粋な意味で遊びに行く処がなくなってしまった」と書いている。

私は、ここで、前章『野分』の中で触れた「趣味」を思い出すのである。

私は、いま、師・漱石を亡くした寅彦の「純粋な意味で遊びに行く処がなくなってしまった」という〝悲痛〟を読み、漱石が白井先生に語らせた言葉がはっきりと理解できたように思う。

漱石は白井先生に「趣味は人間に大切なものである。（中略）趣味がなくても生きて居られるかも知れぬ。然し趣味は生活の全体に渉《わた》る社会の根本要素である。」と語らせている。

私は、「趣味」こそ「純粋な意味の遊び」ではないかと思う。

寅彦にとって、漱石は敬愛し続けた師であったと同時に、「漱石」は「純粋な意味の遊び」すなわち「趣味」の「場所」だったのである。そのような「漱石」を失った寅彦は「木や石のような者」にならないために、『物理学の基礎』の執筆を決意し、「趣味の物理学」への傾斜を強めて行ったに違いない。

つまり、私は、〝寺田物理学〟は「漱石」の存在、そして漱石の「趣味」観なくしてはあり得なかったと確信するのである。

寅彦は、大正五（一九一六）年の「日記」末尾の「歳晩所感」に、一言

夏目先生を失ふた事は自分の生涯に取つて大きな出来事である

と書いた（137）。

余談だが、私は京都の栂尾《とがのお》、高雄が好きで、少なくとも一年に一度は神護寺、高山寺、西明寺を訪ねている。

先般、紅葉が美しくなりかけた頃、明恵上人（一一七三—一二三二）ゆかりの神護寺を訪ねた時、「我れ先師の命に依りて、十八歳まで詩賦《しふ》を稽古して風月に嘯《うそぶ》きしに、其の興味深くして他事を忘るる程なりき」（傍点志村）というまで没頭した詩歌を、あえて「十八歳まで」とはっきり断わっている話（139）を思い出した。

この「先師」は西行法師（一一一八—九〇）のことであり、「十八歳」は西行が死んだ時の明恵の歳なのである。

私は、〝師・漱石の死〟に遭った寅彦と〝師・西行の死〟に遭った明恵とを思わず重ねてしまった次第である。

閑話休題。

ところで、『物理学の基礎』はどうなったのか。

残念ながら、結局、中断されたままに終り、完結することはなかった。しかし、「心残の論題」が寅彦から離れることはなかったようで、『物理学の基礎』起稿から四年後の大正九（一九二〇）年十一月に『物理学序説』（140）が書き始められている。しかし、これも予定の三分

の一ほど書いたところで、病気療養などのために中断され、結局、寅彦が〝漱石追善〟のために構想したと思われる「物理学の基礎」の大著は未完のままに終ったのである。

落椿の物理学

常緑樹の椿は高さ数メートルに達し、春には赤や白の大輪の花を咲かせる。黄色の多数の雄しべが基部で環状に合着している。椿の花は、桜のように花弁が一枚ずつ舞い落ちることなく、落ちる時には、一度に枝を離れ、ドサリという感じで落ちる。落ちても形を崩すことなく、しばらくの間はそのままの形を保っている。

このような特質を持つ椿の花は、さまざまなものの象徴として、少なからずの文学作品や映画の題材として使われている。私がすぐに思い出すのは、黒沢明の映画『椿三十郎』の中で、たくさんの赤、白の椿の花を水に流し〝信号〟として使うシーンである。いま、〝赤、白〟と書いたが、実は『椿三十郎』はカラー映画ではなく、モノクロ映画である。それでも、私には鮮やかな赤と白を見ることができた。

落椿はまた、人間の首が落ちる光景を連想されるためか、特に武士の世界では〝不吉〟の花とされることも多い。

漱石も椿には特別の想いがあったのか、小説の中に「落椿」を象徴的に使っている。『三四郎』に続く『それから』(141)では、最初から、不吉な予感をさせる「落椿」が登場する。以下は、その「書き出し」である。

誰《だれ》か慌《あは》たゞしく門前《もんぜん》を馳《か》けて行く足音《あしおと》がした時、代助《だいすけ》の頭《あたま》の中《なか》には、大きな俎下駄《まないたげた》が空《くう》から、ぶら下《さが》つてゐた。けれども、その俎下駄《まないた》は、足音《あしおと》の遠退《とほの》くに従つて、すうと頭《あたま》から抜《ぬ》け出《だ》して消えて仕舞つた。さうして眼《め》が覚めた。

枕元《まくらもと》を見ると、八重の椿《つばき》が一輪畳《いちりんたゝみ》の上に落ちてゐる。代助《だいすけ》は昨夕《ゆふべ》床《とこ》の中《なか》で慥《たし》かに此花の落ちる音《おと》を聞いた。彼の耳には、それが護謨毬《ごむまり》を天井裏から投げ付けた程に響いた。

真暗闇の中で椿の花がポトリと落ちる様は確かに不気味である。代助の耳には、それが静寂を破る「ゴムボールを天井裏から投げ付けた」ように聞こえたのである。そして、目覚めた代助は「赤ん坊の頭程もある大きな花の色」を、しばらく、ぼんやりと見詰める。まさに、この落椿は『それから』の代助の運命を象徴しているようである。

『それから』では、不吉な印象を与える一輪の落椿であったが『草枕』(142)には妖艶な椿の花がたくさん登場する。

温泉場に逗留中の画工《えかき》が、宿の妖艶な出戻り娘・那美さんから「身を投げるに好《い》ゝ所」と教わった鏡が池へ出掛ける場面である。

二間余りを爪先上がりに登る。頭の上には大きな樹がかぶさつて、身体《からだ》が急に寒くなる。向ふ岸の暗い所に椿が咲いて居る。椿の葉は緑が深すぎて、昼見ても、日向《ひなた》で見ても、軽快な感じはない。ことに此椿は岩角を、奥へ二三間遠退いて、花がなければ、何があるか気のつかない所に森閑として、かたまつてゐる。其花が！　一日勘定しても無論勘定し切れぬ程多い。然し眼が付けば是非勘定したくなる程鮮かである。唯鮮かと云ふ許りで、一向陽気な感じがない。ぱつと燃え立つ様で、思はず、気を奪《と》られた、後《あと》は何だか凄くなる。あれ程人を欺《だま》す花はない。余は深山椿〔みやまつばき〕を見る度にいつでも妖女の姿を連想する。黒い眼で人を釣り寄せて、しらぬ間に、嫣然〔えんぜん〕たる毒を血管に吹く。欺かれたと悟つた頃は既に遅い。向ふ側の椿が眼に入つた時、余は、えゝ、見なければよかつたと思つた。あの花の色は唯の赤ではない。(中略) ぱつと咲き、ぽたりと落ち、ぽたりと落ち、ぱつと咲いて、幾百年の星霜を、人目にかゝらぬ山陰に落ち付き払つて暮らしてゐる。只一眼見たが最後！　見た人は彼女の魔力から金輪際〔こんりんざい〕、免るゝ事は出来ない。あの色は只の赤ではない。屠〔ほふ〕られたる囚人の血が、自《おの》づから人の眼を惹〔ひ〕いて、自《おの》から人の心を不快にする如く一種異様な赤である。

漱石の赤い「椿の花」に対する思い入れは尋常ではない。異常である。まるで呪われているようである。この「椿の花」が落ちる場合は圧巻である。漱石は、狂ったように、椿の花を落とすのである。

　見てゐると、ぽたり赤い奴が水の上に落ちた。静かな春に動いたものは只此一輪である。しばらくすると又ぽたり落ちた。あの花は決して散らない。崩れるよりも、かたまつた儘《〔まま〕》枝を離れる。枝を離れるときは一度に離れるから、未練のない様に見えるが、落ちてもかたまつて居る所は、何となく毒々しい。又ぽたり落ちる。あゝやつて落ちてゐるうちに、池の水が赤くなるだらうと考へた。花が静かに浮いて居る辺《あたり》は今でも少々赤い様な気がする。また落ちた。地の上へ落ちたのか、水の上へ落ちたのか、区別のつかぬ位静かに浮く。また落ちる。あれが沈む事があるだらうかと思ふ。年々落ち尽す幾万輪の椿は、水につかつて、色が溶け出して、腐つて泥になつて、漸く底に沈むのかしらん。幾千年の後には此古池《ふるいけ》が、人の知らぬ間に、落ちる椿の為めに、埋もれて、元の平地《ひらち》に戻るかも知れぬ。又一つ大きいのが血を塗つた、人魂《ひとだま》の様に落ちる。又落ちる。ぽたり〳〵と落ちる。際限なく落ちる。

このように、この場面では、椿の花がまさに際限なく、激しく落ちる。それは、画工の心情の象徴である。

実は、『草枕』では、この場面の前にも一輪の椿が落ちている。しかし、その落椿は静かである。

虻《あぶ》のつとめを果したる後、蕋《ずい》に凝る甘き露を吸ひ損ねて、落椿《おちつばき》の下に、伏せられ乍《なが》ら、世を香ばしく眠つて居るかも知れぬ。とにかく静かなものだ。

引用が長くなってしまったが、私は、漱石の椿の花に対する思い入れの強さを示したかったのである。そして、寅彦の「落椿の物理学」につながる「落椿の下に伏せられた虻」を紹介したかったのである。

この『草枕』は明治三十九（一九〇六）年九月に発表された小説であるが、漱石がまだ熊本にいた頃の明治三十（一八九七）年の句に

落ちさまに虻を伏せたる椿哉

という「虻を伏せた椿」を詠んだ句がある(73)。漱石は、この頃から「落椿」には関心があったと思われ、「落椿」を詠んだ句はほかに、

弦音にほたりと落る椿かな
先達の斗巾の上や落椿
御陵《みささぎ》や七つ下りの落椿
落椿重なり合ひて涅槃哉
藁打てば藁に落ちくる椿哉

がある(73)。

さて、「まえおき」がだいぶ長くなってしまったが、寅彦に、世にも珍しい学術論文を書かせる契機となったのは「落ちさまに虻を伏せたる椿哉」の句である。

寅彦は

今朝も庭の椿が一輪落ちていた。
調べてみると、一度俯向《うつむ》きに落ちたのが反転して仰向きになったことが花粉の痕跡からわ

かる。

測定をして手帳に書きつけた。

この間、植物学者に会ったとき、椿の花が仰向《あおむ》きに落ちるわけを、誰か研究した人があるか、と聞いてみたが、多分ないだろうということであった。

花が樹にくっついている間は植物学の問題になるが、樹をはなれた瞬間から以後の事柄は問題にならぬそうである。

学問というのはどうも窮屈なものである。

落ちた花の花粉が落ちない花の受胎に参与する事もありはしないか。

「落ちざま《ママ》に虻《あぶ》を伏せたる椿哉」という先生の句が、実景であったか空想であったか、というような議論にいくぶん参考になる結果が、そのうちに得られるだろうと思っている。

(傍点志村)


と、昭和六(一九三二)年五月の『渋柿』に書いている(143)。寅彦はここに「参考になる結果が、そのうちに得られるだろう」と書いているが、実は、この原稿が書かれた時にはすでに「落椿の物理学」に関する研究に着手していた。

昭和六年二月十四日に、当時ドイツに留学中だった藤岡由夫(一九〇三―七六)へ書いたか

なり長文の手紙(144)の中に寅彦は

理研の所長に頼んで一本の赤椿を二号館脇（寺田室窓前）に植えて貰つた、此れから花が咲き出すと、内ヶ崎君と二人で毎日花を数へ、其れが散り落ちると、仰向いて落ちたのとうつむいて落ちたのとの数の%を計算して、落椿の力学と其進化論的意義を論ずるといふ珍研究を始めます。いよ〳〵我輩は猫である事の証明をするやうな事になる。余り奇を好むやうで変ですが、どうか御寛大なる御目こぼしを願ひ度と存じます。

と書いているのである。

この「落椿の力学と其進化論的意義」を論ずるという、まさしく「珍研究」は、実際に、昭和六（一九三一）年の早春から翌年にかけて、理化学研究所の庭に総計六本の椿の木を植え、根気のよい観察と記録を基に行われた。そして、その研究成果は、まず、「口頭報告」として、昭和七（一九三二）年五月の理化学研究所講演会で発表され、続いて翌昭和八（一九三三）年の理化学研究所論文集に「空中を落下する特殊な形状の物体の運動について――椿の花」（原文は英文）というタイトルで発表された(145)。

この論文は、まず、実際の六本の椿の木の花の落下の観察結果のまとめに始まり、椿の花の

形状に似せて作った紙製の円錐モデル（ペーパー・コーン）を用いた実験的研究に移る。そして、すべての観察結果を運動方程式（微分方程式）を用いて綿密に解析する、という本格的な学術論文である。もちろん、理化学研究所の研究論文なので「本格的な学術論文」であることは当然ではあるが、題材が題材、研究を始めた動機が動機だけに、私はやはり、寅彦がこのような「珍研究」を実際に遂行したこと、そしてその結果を「本格的な学術論文」にまとめあげたことに驚きを禁じ得ないのである。

この原著論文の「解説」は高田誠二『科学方法論序説』(146)に詳しいが、ここはやはり、その結果の「あらまし」を当人の寅彦自身に語ってもらうのがよいだろう(147)。

「落ちざま《ママ》に虻《あぶ》を伏せたる椿哉《かな》」漱石先生の句である。（中略）樹が高いほど俯向きに落ちた花よりも仰向きに落ちた花の数の比率が大きいという結果になるのである。しかし低い樹だと俯向きに枝を離れた花は空中で廻転する間がないのでそのままに俯向きに落ちつくのが通例である。この空中反転作用は花冠の特有な形態による空気の抵抗のはたらき方、花の重心の位置、花の慣性能率等によって決定されることはもちろんである。それでもし虻が花の蕊《しん》の上にしがみついてそのままに落下すると、虫のために全体の重心がいくらか移動しその結果はいくらかでも上記の反転作用を減ずるようになるであろうと想像される。すなわち虻

を伏せやすくなるのである。こんなことは右の句の鑑賞にはたいした関係はないことであろうが、自分はこういう瑣末な物理学的の考察をすることによってこの句の表現する自然現象の現実性が強められ、その印象が濃厚になり、従ってその詩の美しさが高まるような気がするのである。

漱石の句「落ちさまに虻を伏せたる椿哉」に誘発された「珍研究」であったが、この時、漱石はすでに鬼籍に入って久しく、この研究のことも、この研究の成果についても知る由もなかった。寅彦は、この結果を漱石の墓前に報告したのだろうか。

奇妙な物理学

ところで、「落椿の物理学」の論文のタイトルの中の「特殊な形状」は、英語で書かれた原著論文では“peculiar type”である。私は、便宜上、これを学術論文のタイトルらしく「特殊な形状」と訳したのであるが、この“peculiar”という言葉は、英英辞典の説明によれば、“strange, unfamiliar, unusual, odd, a little surprising”のような意味である。つまり、“peculiar”は「特殊」には違いないが、その特殊さは「奇妙な、あまり見かけない、普通ではない、変った、少々驚き

の」という特殊さである。

寅彦の興味、あるいは〝寺田物理学〟の研究対象はしばしば〝peculiar type〟のもの、例えば、この落椿のほかに、割れ目、キリンの斑模様、風紋、墨流し、などに向かったのである。私は〝研究対象〟となるべきものは、いずれにせよ、何らかの意味で〝peculiar〟なものであろうと思う。

しかし、当時もいまも、日本の社会も学界も、概して〝peculiar type〟のもの、人などには冷たいのである。

とはいうものの、この「落椿」の研究が行われていた一九三〇年代初頭の物理学界は、古典物理学から現代物理（量子物理学）への移行が加速度的に進み、量子力学が台頭する中で、世界の最先端の物理学の主な関心は原子構造の解明などのミクロ世界に向けられていたことを思えば、寅彦の、まさしく「寒月凮の研究」が冷たい目で見られたとしても仕方がなかったのかも知れない。

理化学研究所で「落椿の物理学」の口頭発表が行われた直後の昭和七（一九三二）年の秋、寅彦は愛弟子・中谷宇吉郎が教授として、また愛息・東一が助手として赴任していた北海道大学へ「一日二時間、三日」の臨時講義に出掛けた。この時の主な講義内容は「講演草稿」(148)によれば、地球物理学に関するものであるが、講義とは別の「物理教室談話会」で、先の「椿

の花の落ち方」の話もした。それについて、中谷宇吉郎が昭和十八（一九四三）年に書いた「札幌に於ける寺田先生」(149)の中で、この研究の内容と意義について述べた後で、次のように述べている。

かういふ研究を、当時の日本では、真面目にとり上げる学者は殆んど無かつたやうである。しかし此の研究は英文で発表され、外国の学者の注意は惹いてゐたらしい。翌年五月になつての先生の手紙には「日本人は余り見ぬ論文でも外国語では見る人があるから面白い。「椿の花の運動」もアメリカの Biological Abstract から抄録をおくれと云つて来ました」とある。

私自身にも、日本ではあまり注目されなかった私の論文がアメリカでは注目された、という経験がある。その時の私の気持を思い出してみると、あの大物理学の寅彦先生も、きっと、ニンマリしたのだろうな、と嬉しい気持にさせられる。

余談だが、二〇〇五年は物理学の分野で「奇跡の年」といわれる一九〇五年から一〇〇年ということで、ユネスコが制定した「世界物理年」だった。この「奇跡の年」というのは、それまで、物理学者としては全く無名であったアインシュタイン（一七一ページ参照）が「ノーベル賞級」の五つの論文を立て続けに発表した年なのである。その五つの論文のうち三つはいず

れも「超ノーベル賞級」といってよい。

アインシュタインは間違いなく世界で最も有名な、また人気のある科学者であるが、その有名さ、人気とは裏腹に、一般人にとって「アインシュタイン」は無縁、と思う人が少なくない。ところが、現代社会において、われわれ「一般人」が浴している「アインシュタイン理論の恩恵」は決して少なくないのである。アインシュタインは現代文明の象徴である「ハイテク」、例えば、すぐに思い付くものを並べただけでも、レーザー、デジタルカメラ、コンパクトディスク（CD）、太陽電池、全地球測位システム（GPS）、原子力発電、放射線ガン治療などの「芽」を作ったといえるのである。

このことだけを考えても、アインシュタインの「奇跡」的大天才振りが窺えるのであるが、さらに「奇跡」といわれる由縁は、一九〇五年当時、アインシュタインが二十六歳の無名の青年であったばかりではなく、およそ「理論物理学」とはほど遠いスイス連邦特許局の職員であったことである。日本から寺田寅彦ら多くの少壮の物理学者がドイツへ留学したことからもわかるように、当時の物理学の殿堂はドイツにあり、高名な物理学者はドイツに集まっていた。アインシュタイン青年はそのような殿堂とも高名な物理学者とも無縁だったのである。

もちろん、百年前の「奇跡の年」の主役が大天才・アインシュタインであることはいうまでもないことだが、アインシュタインだけでは「奇跡の年」は起り得なかったのである。「物理

学の殿堂」から見れば〝僻地〟にいた大天才・アインシュタインを発掘してくれた「権威者」の存在を忘れてはならない。アインシュタインにとっても後世のわれわれにとっても誠に幸いだったのは、アインシュタインの論文（それはまさにpeculiarな論文だった）の革命的な価値をいち逸早《はや》く認めた「権威者」がいてくれたことである。当時、世界の物理学会の「大御所」であったマックス・プランク（一八五七―一九四七）である。

私はここで「評価」ということの重要性を指摘したい。

学歴や肩書きや「金に換算できるもの」や「既存のもの」のように「目に見えるもの」の評価は簡単であるが「目に見えないもの」「未知のもの」とりわけ「peculiarなもの」の評価は容易ではない。形式や表層や「伝統」や権威に左右されない本物の見識と勇気が必要とされるからである。

このような本物の見識と勇気が必要とされる評価は昔から現在に至るまで、日本人が最も「不得意」とするものではないか。例えば、日本では見向きもされなかったような学者がひとたびノーベル賞をとったり、外国で「評価」されたりすると、あわてて「文化勲章」を授けようとしたり、口では「実力主義」を唱えていても実際は「年功主義」になっていたり、中身もよく知らずにやたらに「ブランド品」を買いたがるのは、まともな評価能力がない証拠である。日本では、本当に革命的、独創的な研究成果が生まれ、それが世に出るのは簡単ではないので

ある。

ともあれ、寅彦の「落椿の研究」がpeculiarだったことは確かである。

そもそも、科学史上、「文学作品」の文学的内容がそのまま物理学の研究テーマになった例が外にあるのだろうか。少なくとも、日本独自の文学ジャンルである俳句がそのまま物理学の研究テーマになった例は外に絶無であろう。まさにpeculiarなことである。

また、この「落椿の研究」の原著論文は

　数年前、著者の一人が年輩の知り合いから地上に落下した椿の花のほとんどが上向き、つまり雌しべ、雄しべを上向けにするのは何故かと尋ねられた。著者は、それまで、そのような事を全く知らなかったので、この事実を確かめようと思った。そして、もし、それが事実であるならば、その何らかの説明を見出したいと思った。さらに、この問題は、飛行機の「宙がえり」と空気力学的に関係するものと思われるので、この研究が全く無益ということもないだろう。（志村訳）

と書き始められているが、この「書き出し」は文学関係の論文ならばいさ知らず、物理学の学術論文のものとしては誠にpeculiarである。

総じて、peculiarな〝寺田物理学〟の発端は〝漱石の死〟と漱石の「落椿の句」だったのではないか、と私は思っている。

私事ながら、私は、大学を出てからのおよそ二十年間は、半導体結晶などにかかわるまともな「物理学」の研究を行ったが、一九九三年の秋、アメリカから帰国した以降は、分野を問わずかなりpeculiarな「道楽研究」を続けている。私が、個人的な自信を持ってpeculiarな「道楽研究」を続けられる心強い支えは、元祖・寅彦先生なのである。

終 章

「要素還元主義」の反省

人類の叡智の賜物《たまもの》である科学は幾多の技術を生み、人類に、とりわけ現代文明人に、物質的繁栄、物質的「豊かさ」と「便利さ」に満ちた生活をもたらしてくれた。

しかし、同時に、そのような科学と技術が、人類を含む地球上のすべての生物の生活基盤であるこの地球の自然環境を急激に破壊し、少なからぬ数の生きものを絶滅に追いやっていることも事実である。また、ほかならぬ現代文明人自身も、物質的な「豊かさ」や「便利さ」とは裏腹に、精神的病魔に冒されつつあるように思われる。

われわれが、科学と技術で築き上げた「現代文明」とは何だったのだろうか。

私は、漱石がおよそ百年前に、いみじくも『草枕』(142)に書いた

汽車の見える所を現実世界と云ふ。汽車程二十世紀の文明を代表するものはあるまい。何百と云ふ人間を同じ箱へ詰めて轟と通る。情け容赦はない。詰め込まれた人間は皆同程度の速力で、同一の停車場《ステーション》へとまつて、さうして同様に蒸汽の恩沢に浴さねばならぬ。人は汽車へ乗ると云ふ。余は積み込まれると云ふ。人は汽車で行くと云ふ。余は運搬されると云ふ。汽

車程個性を軽蔑したものはない。文明はあらゆる限りの手段をつくして、個性を発達せしめたる後、あらゆる限りの方法によつて此個性を踏み付け様とする。

や、『行人』(150)の中の「兄さん」(一郎)の

人間《にんげん》の不安《ふあん》は科学《くわがく》の発展《はつてん》から来《く》る。進《すゝ》んで止《とゞ》まる事《こと》を知《し》らない科学《くわがく》は、かつて我々《われ〳〵》に止《とゞ》まる事《こと》を許《ゆる》して呉《く》れた事《こと》がない。徒歩《とほ》から俥《くるま》、俥《くるま》から馬車《ばしや》、馬車《ばしや》から汽車《きしや》、汽車《きしや》から自動車《じどうしや》、それから航空船《かうくうせん》、それから飛行機《ひかうき》と、何処《どこ》迄《まで》行《い》つても休《やす》ませて呉《く》れない。何処《どこ》迄《まで》伴《つ》れて行《い》かれるか分《わか》らない。実《じつ》に恐《おそ》ろしい。

という台詞を思い出さざるを得ないのである。

私はかつて「技術が〝進歩〟するにつれて、技術、そしてそれを後押しした科学は、自然と人間から離反していったように思う。それまで自然の中にあった科学と技術が急速に人間が作った社会の中に移行したのである。同時に、〝自然の一員〟であった人間が、〝社会の一員〟に移行した。人間も、科学と技術と同様に自然から離反したのである」と書いた(69)。そのような〝自然からの離反〟が「文明病」の病源だと思った。

また、「科学」の「科」が「一定の標準を立てて区分けした一つ一つ」(『広辞苑』)であることに象徴されるように、人間が作った科学の真髄が〝全体〟を〝部分〟に分解し、その部分の構造や機能を明らかにし、〝全体〟をそれら一つ一つの〝部分〟の総和として理解しようとする要素還元主義にあること自体が、そもそも〝病源〟だったのである。

私が敬愛する哲学者の一人であるベルクソン(一八五九―一九四一)は「生命の躍動(エラン・ヴィタール)」を論じる中で

曲線のきわめて小さな一要素は、ほとんど直線に近い。この要素を小さくとればとるほど、ますますそれは直線に類似してくるであろう。極限までいけば、この要素は直線の一部であるとも、曲線の一部であるとも、好きなように言うことができよう。事実、曲線はその各点において接線と見わけがつかない。同様に、《生命性》はどの点においても、物理的、化学的な力に接している。けれどもそれらの点は、要するに、曲線を生み出す運動のあれこれの時点を一時停止させてみる精神の眺めでしかない。事実、曲線が多くの直線から成りたっているのではないのと同様に、生命も物理‐化学的な諸要素からできているのではない。

と述べている(151)。

私は、「要素還元主義」を小気味よく批判するベルクソンの、この「曲線のたとえ」が好きである。

漱石が「道楽と職業」(152)の中で述べる「開化の潮流が進めば進む程又職業の性質が分れゝば分れる程、我々は片輪な人間になつて仕舞ふといふ妙な現象が起る」「昔の学者は凡ての知識を自分一人で背負《しょ》つて立つた様に見えますが、今の学者は自分の研究以外には何も知らない」「博士の研究の多くは針の先きで井戸を掘るやうな仕事をするのです、深いことは深い、掘抜きだから深いことは深いが、如何《いかん》せん面積が非常に狭い」「人間の職業が専門的になつて又各々自分の専門に頭を突込んで少しでも外面を見渡す余裕がなくなると当面の事以外は何も分らなくなる、又分らせやうといふ興味も出て来にくい」、つまり総じて「吾人《ごじん》は開化の潮流に押し流されて日に日に不具になりつゝある」は、まさに「要素主義」の痛烈な批判である。いま私が「要素主義」と書いたのは、それらの「要素」は「還元」されるほどのものでもない、単なる「要素」のままで終ってしまうのではないかと思うからである。

漱石と寅彦は、まさに「要素還元主義者」の対極にいる人物だった。

自然科学に限らず、あらゆる分野の科学の研究の場での「要素還元主義」は「文献至上主義」に陥りやすい。私は自分自身への戒めも兼ねて、大河内正敏が「寺田君の憶ひ出」(115)の中で述べている寅彦のすばらしい〝態度〟を紹介しておきたい。

……を、シュリーレン法で写して見ると、色々な形をした空気の波と思はれるものが出てゐる。大した問題でもないから好い加減にして置かうと思つたら、寺田君は承知しない。若しこれを空気の波とすれば何んで出来たか説明しよう、君一つ調べろと云ふ。仕方がないから、先づ参考書か専門雑誌で、今まで何か似た研究はないか調べて見ようと思つて、寺田君に教へを乞うたが、其時の答へが私の云ふ奥の手であつた。文献なぞを調べて何がある、写真を眺めて何時迄も考へて見給へ何か出て来るよと云ふのであつた。誰れに聞け、何を調べろ、何を読めと云ふやうな手は駄目だ、何にもしずに黙つて考へろと云ふのである。黙つて睨めて考へ込む、今日うまい考へが出なければ、寝てゐて考へる、目がさめたら又考へる、毎日同じことを繰り返すのである。果して考へが出て寺田君に話すとそれに違ひない、それで説明がつくと云つて喜んだ。

何度でもかみしめたいすばらしい言葉である。

特に「情報化時代」といわれ、あらゆる「情報」が簡単に得られる現代のわれわれこそ傾聴しなければならない寅彦の言葉であり、また学ばなければならない寅彦の態度である。

すでに述べたことではあるが（一二三ページ）、いまから二十数年前、一般向けの半導体・エ

レクトロニクス入門書を書いたとき、私は「エレクトロザウルス」という言葉を造った(68)。「エレクトロザウルス」は現代の科学と技術の粋を集めたエレクトロニクスが生んだ「現代の巨大な怪物」の意味である。具体的にはコンピュータに代表されるさまざまなエレクトロニクス機器を指す。

いま、「先進国」では「IT革命」なるものが急速に進んでいる〝IT〟とは“information technology”つまり「情報(通信)技術」のことである。これも、私がいうところのエレクトロザウルスの〝一種〟である。純粋に技術的な観点からいえば、それは少しも「革命」などではなく、単なる「革新」だと私は思っているが、それを利用する人間の質が革命的に変わって行く(はっきりいえば、劣化、退化して行く)ことは間違いないだろう。

ところで、前述のように「情報」は“information”の訳語であるが、原語の“inform”は単に「知識を与えること」である。一方、「情報」という言葉をそのまま理解すれば「情(なさけ、こころ)を報(しら)せること」という意味である。このことから、私は「情報」は“information”よりも遥かに尊いものだと思っている。ところが、「IT(情報技術)」が進めば進むほど、「情」がなくなり「報」ばっかりになって行く。まさに「情ない」話である。

倉田百三の『出家とその弟子』(153)に登場する親鸞が「知識が殖えても心の眼は明るくならぬでな」といっている。サン=テグジュペリの『星の王子さま』(154)に登場するキツネが「心

で見なくちゃ、ものごとはよく見えないってことさ。かんじんなことは、目に見えないんだよ」といっている。また、古代日本の匠の技を知りつくしていた宮大工・西岡常一棟梁が「(学者は) 本を読んだり、知識を詰め込みすぎるから肝心の自然や自分の命がわからなくなるんですな」[155]といっている。

「情報」が増えれば増えるほど、人間は「技術」が吐き出す「情報」、そして結果的に「モノ」に踊らされ、感性や「心の目」を失ってしまうだろう。そして、自ら考えることを忘れてしまうだろう。

ちなみに、大河内正敏は後に、理化学研究所の〝名所長〟として日本の科学・技術の振興に多大の貢献をした人物[156]であるが、この頃は、寅彦とは〝同級〟(大河内は工科)の同僚である。同僚である寅彦の言葉、指示を素直に聴き、このような「想い出」を書き遺すのは、さすがに、理化学研究所の〝名所長〟になるだけのすばらしい人物だったのだと思う。

文理融合

人類の知性の賜物である科学と技術が人類にもたらしてくれた「豊かな」生活という「正の効果」は明らかである。科学が人間自身によって作られた学問であり、技術が明確なる物質的

な目的と経済観念を持つものである以上、科学と技術が人類に物質的繁栄と便利さに満ちた「豊かな」生活をもたらしたのは当然といえば当然である。

しかし、すでに触れたように、一方において、「豊かな」生活を享受する「現代文明人」は精神的病魔に冒されつつあり、また、人類を含むすべての生物の生存の基盤であるこの地球も根源を同じくする病魔に襲われつつあることは、さまざまな社会的、自然的事象から明らかであろう。

人類も、地球も、なぜ、そのような〝病魔〟に襲われなければならなかったのだろうか。その元凶の一つは、われわれに未曾有の繁栄をもたらしてくれた「要素還元主義」自体が潜在的に有していた本質的な問題であったろう。

もう一つの元凶は、これも「要素還元主義」と無関係ではないのだが、序章で述べた「二つの文化」を作り出した「文理の離反」だったであろうと思う。

寅彦は「文学の中の科学的要素」(157)の冒頭で

同一の事象に対する科学的の見方と芸術的の見方との分れる点はどこにあるだろう。科学も芸術もその資料とするものは同一である。それを取扱う人間も同じ人間である。どちらも畢竟は人間の「創作」したものである。人間の感官の窓を通して入り込んで来る物を

悟性や理性によって分析し綜合して織り出された文化の華である。（傍点志村）

と書いている。しかし、続いて

それであるのに科学と芸術とは一見没交渉な二つの天地を劃しているように思われる。このような区別はどこから来たものであろうか。

と疑問を投げ掛ける。

共に人間の創作であり、人間の営みであることを考えるならば、そのような科学と芸術との「区別」は本質的なものではないはずである。寅彦は「科学と文学」(50)の中で、

それだのに文学と科学という名称の対立のために、因襲的に二つの世界は截然《せつぜん》と切り分けられて来た。文学者は科学の方法も事実も知らなくても少しも差障りはないと考えられ、科学者は文学の世界に片足をも入れるだけの係わりをもたないで済むものと思われて来たようである。

しかし二つの世界はもう少し接近してもよく、むしろ接近させなければならないように自

分には思われるのである。

私は「科学と芸術の融合」に加え、「科学と哲学・宗教の融合」も必要と思う。

私は長年に渡り、自然、つまり物質・宇宙・生命について考えて来たが、それらを〝科学〟で理解することの限界を悟った(39)。人間の科学が「自然現象の中から(人間が)再現可能な現象を抜き出して、それを対象として(人間が)取り扱う学問」(97)である限り、われわれ人間が科学的に理解する自然は、あくまでも人間の科学的な自然であり、それが真の自然である保証はない。

ここに至り、私は「創造主」あるいは「神」(Something Great)の存在を信じざるを得ないのである。少なくとも、私にとっては、それらの存在を仮定した方が、自然をより理解しやすい。もちろん、われわれには「神」の存在を証明することは不可能だから、それは哲学あるいは宗教の範疇に入る。

しかし、科学者は本当に「神」あるいは「宗教」を信じられるのだろうか、信じてよいのだろうか、と科学者の端くれである私は疑念を抱かざるを得ない。

誠にありがたいことに、二十世紀最高の科学者であり、私が最も尊敬する科学者でもあるアインシュタインが、この疑念に的確に答えてくれている。以下、少々長くなるが紹介したいと

「科学者は出来事の過程が祈りによって、つまり超自然的存在に対して提出された願いによって影響されうることを信じる傾向はほとんどないでしょう。

他方、科学に真面目に従事している誰もが、自然の法則が、人間をはるかに超えた精神、つまりその前では、人間は自分の力を過信することなく、謙虚に頭を下げねばならない精神を露わにしているという確信に到達します。こうして科学の先入観は特殊な宗教的感情に導くのです。しかしながらそれは本質的にもっと素朴な人々の宗教性とは異なっています。」

思う(158)。

「われわれが立入ることのできないなにものかが存在しているという知覚、きわめて深遠な理性やきわめて輝かしい美を感じ取ること(それらはその最も初源的な形でのみわれわれの精神が到達できるものである)。真の宗教性をかたちづくるのはこのような知覚であり、このような感覚である。この意味において、そしてこの意味においてのみ私は深い宗教的人間である。」

(傍点志村)

精神と物質とは対立するものではなく相補的関係にあるものである(92)。「精神は物質によっ

て自己を表現し、物質は精神によってその盲目性を脱し得」るのであり、「科学は物質の探究であり、宗教は精神の深みを尋ねるものであるから、科学と宗教もまた相補的」であり、「宗教が科学や技術のような物質法則の学問に助けられることは明らか」で「反面において科学は宗教によって真にその使命を自覚」すべきだと(159)、私も思う。

一見互いに矛盾するように思われる科学と宗教が相補的であることを自覚することによって初めて、われわれは真の自然を理解し得る入口に立てるのではないだろうか。たとえアプローチの仕方は異なっても、科学も宗教も共に〝真実〟を求めるのならば、科学は宗教によって示される精神界の神秘性を尊重すべきであるし、宗教も科学によって示される物質界の神秘性を知るべきである。そのような科学、宗教のみが、真に人類のため、そして地球のために、相補的に貢献できるものと思われる。

ベーコンは「哲学を少しばかりかじると、人間の心は無神論に傾くが、しかし、哲学を深く究《きわ》めると、再び宗教に戻る」(160)と述べているが、私は「科学を少しばかりかじると、人間の心は無神論に傾くが、科学を深く究めると宗教に傾く」といいたい。

また、私は『アインシュタインとピカソ』(161)の著者・ミラーの「芸術と科学の双方が長年に渡って探ってきたのは、外観を超えたところに現象の新しい表現を求めることだった」という言葉に大いなる共感を覚える。

二十世紀までの科学・技術の反省から、二十一世紀の科学・技術に火急に求められるのは、序章で述べたように「文理の融合」である。具体的にいえば、広く地球、人類の未来の観点から、これからの科学・技術の望ましい進展には「文科系の素養」が不可欠である。また、これからは「文科系の素養」に欠ける科学者や技術者は人類、地球にとって〝お荷物〟である。

こうしてみると、これからは、まさに寅彦のような科学者、そして漱石のような文学者が必要なのである。

円 融

一切存在はそれぞれ個性を発揮しつつ、相互に融和し、
完全円満な世界を形成していること。(『広辞苑』)

〔参考文献〕（読者の便宜を考え、「全集」に収められている作品はすべて「全集」を掲げる）

（1）江口換『わが文学半生記　回想の文学』（講談社文芸文庫、一九九五）
（2）西川正治「ラウエ斑点」（『思想』寺田寅彦追悼号、岩波書店、昭和十一年三月、第一六六号、一九三六）
（3）志村史夫『文科系のための科学・技術入門』（ちくま新書、二〇〇三）
（4）C・P・スノー（松井巻之助訳）『二つの文化と科学革命』（みすず書房、一九六七）
（5）森田草平「六文人の横顔」（『文藝春秋』一九三二年九月号）
（6）安倍能成『草野集』（岩波書店、一九三六）
（7）『漱石全集　第二十二巻』（岩波書店、一九九六）
（8）津田青楓『老書家の一生』（中央公論美術出版、一九六三）
（9）『寺田寅彦全集　第二十五巻』（岩波書店、一九九九）
（10）江沢洋「アインシュタインの来日――日本の物理学へのインパクト」（『応用物理』第七四巻第一〇号、二〇〇五）
（11）桑木彧雄『物理学と認識』（改造社、一九二二）
（12）アインシュタイン（内山龍雄訳・解説）『相対性理論』（岩波文庫、一九八八）
（13）桑木彧雄「相待原則に於ける時間及空間の概念（『東京物理学校雑誌』第二〇巻第二三二、二三三、二三四号、

一九一二）

（14）アインシュタイン（杉元賢治編訳）『アインシュタイン日本で相対論を語る』（講談社、二〇〇一）

（15）寺田寅彦「アインシュタインの教育観」（『寺田寅彦全集　第六巻』岩波書店、一九九七）

（16）寺田寅彦「アインシュタイン」（『寺田寅彦全集　第六巻』岩波書店、一九九七）

（17）寺田寅彦「相対性原理側面観」（『寺田寅彦全集　第五巻』岩波書店、一九九七）

（18）寺田寅彦「夏目先生」（『寺田寅彦全集　第九巻』岩波書店、一九九七）

（19）寺田寅彦「夏目漱石先生の追憶」（『寺田寅彦全集　第一巻』岩波書店、一九九六）

（20）中谷宇吉郎「冬彦夜話　漱石先生に関する事ども」（『漱石全集』月報第十七号、岩波書店、一九三七）

（21）寺田寅彦『橡の実』（小山書店、一九三六）

（22）辰野隆「寺田寅彦論」（角川源義編『寺田寅彦（人生論読本XII）』角川書店、一九六一）

（23）夏目漱石『坊っちゃん』（『漱石全集　第二巻』岩波書店、一九九四）

（24）小宮豊隆『夏目漱石（上）』（岩波書店、一九八六）

（25）斎藤阿具「夏目君と僕と僕の家」（『漱石全集　別巻』岩波書店、一九九六）

（26）菅虎雄「夏目君の書簡」（『漱石全集　別巻』岩波書店、一九九六）

（27）桜田満（編）『現代日本文学アルバム第二巻　夏目漱石』（学習研究社、一九七四）

（28）鶴本丑之介「漱石先生と松山」（『漱石全集』月報第六号、岩波書店、一九三六）

（29）山本信博「松山から熊本」（『漱石全集　別巻』岩波書店、一九九六）

（30）真鍋嘉一郎「夏目先生の追憶」（『漱石全集　別巻』岩波書店、一九九六）

（31）中川浩一『中川家の軌跡――家譜、血脈そして事件――』（私家版、二〇〇四）

(32) 夏目金之助『文学論』(『漱石全集　第十四巻』岩波書店、一九九五)
(33) 小宮豊隆『夏目漱石(中)』(岩波書店、一九八七)
(34) 狩野亨吉「漱石と自分」(『漱石全集　別巻』岩波書店、一九九六)
(35) 間崎純知「学生時代の寺田寅彦」(小林勇編『回想の寺田寅彦』岩波書店、一九三七)
(36) 角川源義「解説」(『昭和文学全集3　寺田寅彦』角川書店、一九五二)
(37) 柏木潤「寺田寅彦の下宿」(『寺田寅彦全集　第十七巻』月報17、岩波書店、一九九八)
(38) 『寺田寅彦全集　第十八巻』(岩波書店、一九九八)
(39) 志村史夫『こわくない物理学――物質・宇宙・生命――』(新潮文庫、二〇〇五)
(40) 手塚富雄(編訳)『ニーチェ』(中公バックス、一九七八)
(41) 山岡荘八『山岡荘八全集39　柳生石舟斎他』(講談社、一九八四)
(42) 小宮豊隆『人のこと自分のこと』(角川書店、一九五五)
(43) 寺田寅彦「蓑田先生」(『寺田寅彦全集　第一巻』岩波書店、一九九六)
(44) 寺田寅彦「若き寅彦の読書法」(角川源義編『寺田寅彦(人生論読本XII)』角川書店、一九六一)
(45) 寺田寅彦「重兵衛さんの一家」(『寺田寅彦全集　第一巻』岩波書店、一九九六)
(46) 太田文平『寺田寅彦』(新潮社、一九九〇)
(47) 正岡子規「明治二十九年の俳句界」(『子規全集　第四巻』講談社、一九七五)
(48) 坪内稔典『俳人漱石』(岩波新書、二〇〇三)
(49) 『寺田寅彦全集　第十一巻』(岩波書店、一九九七)
(50) 寺田寅彦「科学と文学」(『寺田寅彦全集　第五巻』岩波書店、一九九七)

(51) 坪内稔典「解説」(『寺田寅彦全集　第十一巻』岩波書店、一九九七)
(52) 寺田寅彦「田丸先生の追憶」(『寺田寅彦全集　第一巻』岩波書店、一九九六)
(53) 志村史夫『いやでも物理が面白くなる』(講談社ブルーバックス、二〇〇一)
(54) 志村史夫『誰でも数学が好きになる!』(ランダムハウス講談社、二〇〇七)
(55) 矢島祐利『寺田寅彦』(岩波書店、一九四九)
(56) 太田文平『寺田寅彦の周辺』(日本放送出版協会、一九七五)
(57) 加藤二郎「寺田寅彦の漱石像」(『国文学　解釈と鑑賞』一九巻、一一号、一九七三)
(58) 太田文平『寺田寅彦——その世界と人間像——』(都市出版、一九七一)
(59) 寺田寅彦「根岸庵を訪う記」(『寺田寅彦全集　第一巻』岩波書店、一九九六)
(60) 正岡子規『病牀六尺』(岩波文庫、一九二七)
(61) 河東碧梧桐『子規を語る』(岩波文庫、二〇〇二)
(62) 高浜虚子『回想　子規・漱石』(岩波文庫、二〇〇二)
(63) 高浜虚子「柿二つ」(『日本文学全集7　正岡子規　高濱虚子　長塚節集』筑摩書房、一九七〇)
(64) 紅野敏郎「解説」(高浜虚子『回想　子規・漱石』岩波文庫、二〇〇二)
(65) 高嶺俊夫「寺田寅彦氏の断想」(藤岡由夫編『高嶺俊夫と分光学』応用光学研究所、一九六四)
(66) 『寺田寅彦全集　第十九巻』(岩波書店、一九九八)
(67) 『寺田寅彦全集　第四巻』(岩波書店、一九九七)
(68) 志村史夫『砂からエレクトロザウルスへ』(東明社、一九八六)
(69) 志村史夫『文明と人間　科学・技術は人間を幸福にするか』(丸善ブックス、一九九七)

(70) 田村都志夫(訳)『エンデ全集18　エンデのメモ箱　上』(岩波書店、一九九八)
(71) 正岡子規『墨汁一滴』(岩波文庫、一九二七)
(72) 正岡子規「啼血始末」(坪内祐三、中沢新一編『明治の文学　第20巻　正岡子規』筑摩書房、二〇〇一)
(73) 『漱石全集　第十七巻』(岩波書店、一九九六)
(74) 夏目漱石「雅号の由来」(『漱石全集　第二十五巻』岩波書店、一九九六)
(75) 松岡譲『漱石先生』(岩波書店、一九三四)
(76) 奥本大三郎「漱石という雅号」(『漱石全集　第十三巻』月報13、岩波書店、一九九五)
(77) 正岡子規「雅號」(「筆任勢　第二編」『子規全集　第十巻　初期随筆』講談社、一九七五)
(78) ゲーテ(高橋義人編訳、前田富士男訳)『自然と象徴——自然科学論集』(冨山房、一九八二)
(79) 寺田寅彦「子規の追憶」(『寺田寅彦全集　第一巻』岩波書店、一九九六)
(80) 夏目漱石「時機が来てゐたんだ——処女作追懐談」(『漱石全集　第二十五巻』岩波書店、一九九六)
(81) 入矢義高、溝口雄三、末木文美士、伊藤文生(訳注)『碧巌録(上)』(岩波文庫、一九九二)
(82) W.Rücker, "Inaugural Address", NATURE, vol. 64, No. 1663, September 12, 1901
(83) 竹村民郎「科学と芸術の間——池田菊苗と夏目漱石の場合」(『講座夏目漱石　第一巻　漱石の人と周辺』有斐閣、一九八一)
(84) 『漱石全集　第十九巻』(岩波書店、一九九五)
(85) 高嶺俊夫「漱石と自分」(藤岡由夫編『高嶺俊夫と分光学』応用光学研究所、一九六四)
(86) 『漱石全集　第二十巻』(岩波書店、一九九六)
(87) 瀧井敬子『漱石が聴いたベートーヴェン』(中公新書、二〇〇四)

（88）夏目鏡子（述）、松岡譲（筆録）『漱石の思い出』（文春文庫、一九九四）

（89）Torahiko Terada "Acoustical investigation on the Japanese bamboo pipe, SYAKUHATI" Journal of the College of Science, Tokyo, XXI, Art. 10, pp. 1-34, 1907 ("SCIENTIFIC PAPERS" by Torahiko Terada, Vol. 1, 1904-1909, Iwanami Syoten, 1939)

（90）夏目漱石「ケーベル先生」（『漱石全集　第十二巻』岩波書店、一九九四）

（91）夏目漱石「ケーベル先生の告別」（『漱石全集　第十二巻』岩波書店、一九九四）

（92）志村史夫『したしむ量子論』（朝倉書店、一九九九）

（93）夏目漱石『文学評論』（『漱石全集　第十五巻』岩波書店、一九九五）

（94）「漱石山房蔵書目録」（『漱石全集　第二十七巻』岩波書店、一九九七）

（95）夏目漱石『倫敦塔』（『漱石全集　第二巻』岩波書店、一九九四）

（96）Max Nordau "DEGENERATION" (William Heinemann, 1898)

（97）中谷宇吉郎『科学の方法』（岩波新書、一九五八）

（98）志村史夫『アインシュタイン丸かじり』（新潮新書、二〇〇七）

（99）寺田寅彦「物理学と感覚」（『寺田寅彦全集　第五巻』岩波書店、一九九七）

（100）夏目漱石「私の個人主義」（『漱石全集　第十六巻』岩波書店、一九九五）

（101）有山輝雄「明治末期の新聞メディアと漱石」（『漱石研究』第5号、翰林書房、一九九五）

（102）小山慶太『漱石が見た物理学』（中公新書、一九九一）

（103）志村史夫「アインシュタインと漱石」（『國文學』平成20年6月号臨時増刊号、二〇〇八）

（104）夏目漱石『吾輩は猫である』（『漱石全集　第一巻』岩波書店、一九九三）

(105) 寺田寅彦「自由画稿」(『寺田寅彦全集　第四巻』岩波書店、一九九七)
(106) 寺田寅彦「団栗」(『寺田寅彦全集　第一巻』岩波書店、一九九六)
(107) S. Haughton "On Hanging, considered from a Mechanical and Physiological point of view" (Philosophical Magazine, Vol. 32, 1866)
(108) 中谷宇吉郎「寒月の『首縊りの力学』其他」(『漱石全集』月報第四号、岩波書店、一九三六)
(109) 夏目漱石『三四郎』(『漱石全集　第五巻』岩波書店、一九九四)
(110) 『漱石全集　第二十三巻』(岩波書店、一九九六)
(111) 小宮豊隆「『三四郎』の材料」(『漱石　寅彦　三重吉』岩波書店、一九四二)
(112) 志村史夫『生物の超技術』(講談社ブルーバックス、一九九九)
(113) 中谷宇吉郎「『光線の圧力』の話」(『漱石全集』月報第九号、岩波書店、一九三六)
(114) E. F. Nichols and G. F. Hull, "The Pressure due to Radiation" Physical Review Series I, Vol. XVIII, 1903
(115) 大河内正敏「寺田君の憶ひ出」(『思想』寺田寅彦追悼号、岩波書店、昭和十一年三月、第一六六号、一九三六)
(116) 本多光太郎「想ひ出」(『思想』寺田寅彦追悼号、岩波書店、昭和十一年三月、第一六六号、一九三六)
(117) 高田誠二「『三四郎』と寺田寅彦」(『漱石研究』第2号、翰林書房、一九九四)
(118) 寺田寅彦「雲の話」(『寺田寅彦全集　第十五巻』岩波書店、一九九八)
(119) 寺田寅彦「高層気象の研究(Ⅰ)、(Ⅱ)」(『寺田寅彦全集　第十四巻』岩波書店、一九九八)
(120) 倉嶋厚「野々宮さんと三四郎の雲」(『寺田寅彦全集　第十四巻』月報14、岩波書店、一九九八)
(121) 山村暮鳥『山村暮鳥詩集』(思潮社、一九九一)

(122) 夏目漱石『野分』(『漱石全集　第三巻』岩波書店、一九九四)
(123) 夏目漱石「現代日本の開化」(『漱石全集　第十六巻』岩波書店、一九九五)
(124) 志村史夫『古代日本の超技術』(講談社ブルーバックス、一九九七)
(125) 寺田寅彦学術論文目録(『寺田寅彦全集　第十七巻』岩波書店、一九九八)
(126) 木下是雄「応用物理学者としての寺田寅彦」(『科学』Vol. 66, No. 10 OCT. 1996　岩波書店、一九九六)
(127) 池内了『寺田寅彦と現代　等身大の科学をもとめて』(みすず書房、二〇〇五)
(128) 寺田寅彦「物理学の応用について」(『寺田寅彦全集　第五巻』岩波書店、一九九七)
(129) 寺田寅彦「茶碗の湯」(『寺田寅彦全集　第二巻』岩波書店、一九九七)
(130) 志村史夫『「水」をかじる』(ちくま新書、二〇〇四)
(131) ロジャー・ペンローズ(中村和幸訳)『心は量子で語れるか』(講談社ブルーバックス、一九九九)
(132) 早稲田大学理工学部応用物理研究学科『応用物理の最前線』(講談社ブルーバックス、二〇〇四)
(133) 『寺田寅彦全集　第五巻』(岩波書店、一九九七)
(134) 『寺田寅彦全集　第六巻』(岩波書店、一九九七)
(135) 日本物理学会(編)『ランダム系の物理学』(培風館、一九八一)
(136) 森肇、蔵本由紀『岩波講座　現代の物理学　第15巻　散逸構造とカオス』(岩波書店、一九九四)
(137) 『寺田寅彦全集　第二十巻』(岩波書店、一九九八)
(138) 辻哲夫「寺田寅彦の方法序説」(『科学』Vol. 66, No. 10, OCT. 1996　岩波書店、一九九六)
(139) 白洲正子『明恵上人』(『白洲正子全集　第四巻』新潮社、二〇〇一)
(140) 寺田寅彦『物理学序説』(『寺田寅彦全集　第十巻』岩波書店、一九九七)

(141) 夏目漱石『それから』(『漱石全集　第六巻』岩波書店、一九九四)
(142) 夏目漱石『草枕』(『漱石全集　第三巻』岩波書店、一九九四)
(143) 寺田寅彦「曙町より(二)」(『寺田寅彦全集　第十三巻』(岩波書店、一九九七)
(144) 『寺田寅彦全集　第二十九巻』(岩波書店、一九九九)
(145) T. Terada & T. Utigasaki, "On the motion of a peculiar type of body falling through air - camellia flower" Scient. Pap. Inst. Phys. Chem. Res., xx, 114 (1933)
(146) 高田誠二『科学方法論序説　自然への問いかけ働きかけ』(朝倉書店、一九八八)
(147) 寺田寅彦「思出草」(『寺田寅彦全集　第一巻』(岩波書店、一九九六)
(148) 寺田寅彦「北海道大学に於ける講演草稿」(『寺田寅彦全集　第十七巻』岩波書店、一九九八)
(149) 中谷宇吉郎「札幌に於ける寺田先生」(『中谷宇吉郎随筆集I』角川文庫、一九五〇)
(150) 夏目漱石『行人』(『漱石全集　第八巻』岩波書店、一九九四)
(151) 松根信三郎、高橋允昭(訳)『ベルグソン全集第四巻　創造的進化』(白水社、一九六六)
(152) 夏目漱石「道楽と職業」(『漱石全集　第十六巻』岩波書店、一九九五)
(153) 倉田百三『出家とその弟子』(岩波文庫、一九二七)
(154) サン＝テグジュペリ(内藤濯訳)『星の王子さま』(岩波少年文庫、一九五三)
(155) 西岡常一『木のいのち木のこころ　天』(草思社、一九九三)
(156) 朝永振一郎『わが師わが友』(講談社学術文庫、一九七六)
(157) 寺田寅彦「文学の中の科学的要素」(『寺田寅彦全集　第五巻』岩波書店、一九九七)
(158) アブラハム・パイス(村上陽一郎、板垣良一訳)『アインシュタインここに生きる』(産業図書、二〇〇一)

（159）堀伸夫『科学と宗教——神秘主義の科学的背景』（槇書房、一九八四）
（160）フランシス・ベーコン（渡辺義雄訳）『ベーコン随想集』（岩波書店、一九八四）
（161）アーサー・I・ミラー（松浦俊輔訳）『アインシュタインとピカソ』（TBSブリタニカ、二〇〇二）

あとがき

長年敬愛して来た漱石と寅彦についての本の出版に辿り着いたいま、私は爽快感と充実感、そして安堵感を満喫している。

私にとって「漱石」は趣味の一つであり、「寅彦」は趣味の一つであると同時に私自身が標榜し、実践してもいる〝寺田物理学〟の師でもある。そして、「漱石と寅彦」は、教育者の端くれである私が思う最高のうるわしき「師弟」である。

私は「漱石と寅彦」の執筆過程で、漱石と寅彦の偉大さを改めて知らされ、敬愛の気持を一層高めたのであるが、それにしても、あまりにも膨大な量の関連文献、資料に私は辟易し、何度も押し潰されそうになった。そして、まさに汗牛充棟《かんぎゅうじゅうとう》の書籍群の中に、私がいまさら書き加えるようなことがあるのだろうかという疑心にも襲われた。

しかし、「漱石と寅彦」の「専門家」ではない私には「専門家」とは一味違う「漱石と寅彦」が書けるのではないか、と私は自分を励ました。また、私自身が、長年、寅彦の「専門」

であった物理学の分野で仕事をして来た人間であることが、また、私自身が長年馴れ親しんでいる自然科学的論考法が、一味違った「漱石と寅彦」を書かせてくれるのではないか、という期待もあった。

結果は如何。

それは読者諸氏の御批判を仰ぐほかはないのであるが、私自身は満足している。

実は、当初、本書の発刊は二〇〇五年の暮に予定されていた。

その「時」にこだわったのは以下の理由による。

いまから十年ほど前から、あることがきっかけになり寺田寅彦先生令嬢・関弥生さんと親しくお付き合いいただくようになり、田園調布の御自宅をお訪ねするたびに、寅彦、漱石についての貴重な話を伺っていた。また、弥生さんから貴重な資料も提供していただいた。弥生さんはお元気で凛とされ、私はいつも弥生さんの記憶力のすばらしさと頭脳の明晰さに驚かされたが、明治生まれの御高齢だったので、なるべく早く、弥生さんがお元気なうちに『漱石と寅彦』を出版し、まずもって弥生さんに見ていただきたいと思った。そこで、私は弥生さんに、寅彦先生が亡くなったのが五十七歳の時であったことから、私自身が五十七歳であり、寅彦先生の命日である十二月三十一日、つまり二〇〇五年十二月三十一日までに発刊したい旨の「約束」をしたのである。

そして、弥生さんのお勧めもあり、ある老舗出版社から目標とした二〇〇五年暮に刊行できるように原稿は仕上がっていたのであるが、決して愉快ではない事情により、その出版社から原稿を引き上げざるを得なくなった。

弥生さんは、寅彦先生のお嬢さんらしく、とても筆まめで、細かい文字を便箋一杯に綴った手紙を何度も書いて送って下さった。二〇〇五年四月四日（日付は四月一日）にいただいた手紙は便箋五枚にびっしり書き込まれた長文だった。その中で「志村さんのご本、どうなったかと心配しておりましたが、お手紙拝見して残念無念、何とお慰めしていいかわかりません。世の中は思うようにならないものですね。いい出版社がみつかり、ご本になる日を楽しみにしていますが、あまりあせらないようにお願い申し上げます。志村さんはまだお若いので、めげずにがんばって下さるようお願いします。」と激励していただいた。

これが、私が、弥生さんからいただいた最後の手紙になった。弥生さんは、この手紙の二ヶ月後、肺炎のために九十四歳の生涯を閉じられたのである。

私が渾身の力を込めて仕上げた『漱石と寅彦』を弥生さんに読んでいただけなかったのは誠に残念無念ではあるが、私の記念すべき「還暦」の年に出版される運びになったことを、黄泉の世界で最愛の父・寅彦と談笑していると思われる弥生さんに喜んでいただけるだろう。また、刊行の時期が当初の予定よりおよそ三年遅れたことにより、この間の私自身の勉強の結果を加

筆できたことは「禍を転じて福となす」になった。

思えば、幼時、小児結核のため「二十歳までは生きられないだろう」と校医にいわれていた私が校医の最長予測の三倍以上も生きた、しかも総じて楽しく生きて来ることができたことに感慨深いものがある。若い頃は、校医に「二十歳までは生きられないだろう」などといわれたこともあり、私は「生きて来た」と思っていたが、いままで主に自然科学の分野で仕事をして来た結果、いまは素直に「宇宙に存在するすべてのものに生かされて来た」と思える。だから、若い頃は素直にいえなかった「お蔭様で」が素直にいえるようになった。ありがたいことである。

ともあれ、「還暦」という節目の年に、長年の「趣味」であった「漱石と寅彦」についての本を上梓できたことを、私は、いままで私を生かしてくれた「宇宙に存在するすべてのもの」に「お蔭様で」と感謝したい。

そして、最後に、本書の刊行を快諾していただいた牧野出版・佐久間憲一社長、そして本書刊行の実務を献身的に遂行していただいた牧野出版・南口雄一氏に心から御礼申し上げたい。

二〇〇八年　還暦七月十九日

志村史夫

〔関連年表〕

（　）の数字は満年齢

西暦	元号	漱石	寅彦
一八六七	慶応　三	東京・牛込に生まれる	
六八	明治　元	塩原家の養子となる（1）	
七六	九	塩原家養子のまま夏目家へ（9）	
七八	十一		東京・平河町に生まれる
八三	十六		高知・江ノ口小学校入学（5）
八四	十七	大学予備門予科に入学、数学好成績（17）	
八五	十八		上京、番町小学校に転校（7）
八六	十九	江東義塾（本所）の講師（19）	高知・江ノ口小学校に転校（8）
八八	二十一	夏目姓に復籍（21）	
八九	二十二	正岡子規と知り合う（22）	
九〇	二十三	東京帝大文科大学英文科に入学（23）	
九一	二十四		高知県尋常中学校の入試に失敗（13）
九二	二十五	東京専門学校（現・早稲田大学）講師（25）	高知県尋常中学校に入学、二年編入（14）
九三	二十六	東京帝大卒業、大学院へ進学（26）	
九四	二十七	鎌倉・円覚寺に参禅（27）	
九五	二十八	松山中学に赴任（28）	
九六	二十九	熊本五高に赴任（教授）、中根鏡子と結婚（29）	中学校を首席で卒業、熊本五高に無試験入学（18）
		五高生徒の寺田寅彦と出会う	数学と物理を田丸卓郎に、英語を漱石に学ぶ

九七	三十		阪井夏子と結婚（19）
九八	三十一		特待生に選定される（20） 夏休みに俳句を作り漱石に指導を仰ぐ 漱石の推薦で句稿が『ホトトギス』に掲載される
九九	三十二		熊本五高卒業、東京帝大理科大学物理学科に入学（21） 漱石の紹介で正岡子規と初対面 田中館愛橘、長岡半太郎に物理学を学ぶ
一九〇〇	三十三	英国留学へ出発、二年余のロンドン生活（33）	〈田丸卓郎、東京帝大助教授〉
〇一	三十四	ロンドンの下宿で池田菊苗と出会う（34）	高知県須崎に療養、一年間休学（23）
〇二	三十五	〈正岡子規死去〉	復学（24）、妻夏子死去
〇三	三十六	帰国、一高嘱託、東京帝大講師（36） 大学で「文学論」講義	東京帝大卒業、大学院進学、実験物理学専攻（25）
〇四	三十七	明治大学高等予科講師兼任（37）	東京帝大講師（26） 『ホトトギス』文章会に出席
〇五	三十八	『吾輩は猫である』発表（38）	浜口寛子と結婚（27）
〇六	三十九	『坊っちゃん』発表（39） 『草枕』『二百十日』発表 「木曜会」（門下生面会日）発足	
〇七	四十	『野分』発表（40） 東京帝大、一高、明治大学辞職 朝日新聞社に入社 「文学論」出版、『虞美人草』発表	東京物理学校講師（29）

西暦	元号	漱石	寅彦
一九〇八	四十一	『坑夫』『三四郎』発表（41）	大学院修了、「尺八の音響学的研究」で理学博士（30）
〇九	四十二	『それから』発表（42）	東京帝大助教授（31） ドイツ留学に出発（ベルリン大学）
一〇	四十三	『門』発表（43） 修善寺の大患、危篤状態に陥る	
一一	四十四	文学博士辞退（44） 「道楽と職業」「現代日本の開化」講演	帰国（33）
一二	大正 元	『彼岸過迄』『行人』発表（45）	
一三	二		『海の物理学』（ローマ字書き）出版（35）
一四	三	『こころ』発表（47） 「私の個人主義」講演	
一五	四	『硝子戸の中』『道草』発表（48）	『地球物理学』出版（37）
一六	五	十二月九日『明暗』未完のまま死去（49）	東京帝大教授（38）
一七	六	遺著『明暗』刊行	「ラウエ斑点の研究」により学士院恩賜賞（39） 妻寛子死去
一八	七		『漱石全集』編集委員 航空研究所兼任（40） 酒井紳子と結婚
一九	八		吐血、約二年間自宅療養（41）
二〇	九		一年間休養（42） 静養を期に随筆多作、油絵を始める、「物理学

		序説」を起稿
二二	十一	アインシュタイン来日、歓迎会に出席（44）
二三	十二	『冬彦集』『藪柑子』出版（45）
二四	十三	理化学研究所研究員兼任（46）
二五	十四	帝国学士院会員（47）
二六	昭和元	東京帝大地震研究所研究員兼任（48）
二七	二	東京帝大地震研究所専任（49）
二九	四	『萬華鏡』出版（51）
三二	七	『続冬彦集』出版（54） 〈田丸卓郎死去（享年61歳）〉
三三	八	『柿の種』『地球物理学』『蒸発皿』出版（55）
三四	九	『触媒』出版（56）
三五	十	『蛍光板』出版（57） 十二月三十一日死去
三六	十一	『橡の実』出版、『寺田寅彦全集』刊行始まる

（『漱石全集』『寺田寅彦全集』の「年譜」を基に作成）

装丁……………緒方修一

著者

志村史夫（しむら・ふみお）

昭和 23（1948）年、東京・駒込生まれ。

名古屋工業大学大学院修士課程修了（無機材料工学）、名古屋大学工学博士（応用物理）。

現在、静岡理工科大学教授、ノースカロライナ州立大学併任教授。

長らく半導体結晶の研究に従事したが、現在は古代文明、自然哲学、基礎物理学、生物機能などに興味を拡げている。半導体、物理学関係の専門書・参考書のほかに『古代日本の超技術』（講談社）『生物の超技術』（講談社）『文科系のための科学・技術入門』（筑摩書房）『こわくない物理学』（新潮社）『アインシュタイン丸かじり』（新潮社）『寅さんに学ぶ日本人の「生き方」』（扶桑社）など一般向け著書多数。

漱石《そうせき》と寅彦《とらひこ》　落椿《おちつばき》の師弟《してい》

2008 年 9 月 22 日　発行

著　者　志村史夫
発行人　佐久間憲一
発行所　株式会社牧野出版
〒 104-0061　東京都中央区銀座 1-14-7　銀座吉澤ビル
電話　03-3561-1561
ファックス（ご注文）03-3561-1562
http://www.makinopb.com
印刷・製本　精文堂印刷株式会社

内容に関するお問い合わせ、ご感想は下記のアドレスにお送りください。
dokusha@makinopb.com
乱丁・落丁本は、ご面倒ですが小社宛にお送りください。送料小社負担にてお取り替えいたします。

©Fumio Shimura 2008 / Printed in Japan　ISBN　978-4-89500-122-9

JN289389